息子が生まれた日から、雨の日が好きになった。

幡野広志

ポプラ社

はじめに

いろんなところで文章を書く機会があるけど、自分の好きなようになんでも書けるというわけではなく、それぞれのテーマに沿って書いている。深刻な空気で安楽死をテーマにしているのに、羽釜で炊いたご飯の美味しさを書くわけにはいかない。だって仕事だもん。

写真だって自由に撮れるわけではない。「幡野さんの自由に撮ってください」なんていわれるけど本当に自由に撮ってたらネコの写真ばかりになる。しかも茶トラ。地球上の生物で茶トラがいちばんかわいいと思ってるけど、茶トラばかり撮るわけにはいかない。だって仕事だもん。

とはいえ与えられたテーマの中でかなり自由に書いて撮っている。なんなら安楽死をテーマにしていても羽釜のご飯の美味しさをねじ込んだりもしている。死ぬ前に美味しいもの食べなきゃダメよみたいに。そこは仕事のテクニックだ。


文章や写真を自由にやろうとしたら日記のような趣味がいちばんいい。この本を書籍化するために掲載するエピソードをジャンルわけしたら、写真の話も病気の話も、育児の話も料理の話も一人旅の話も和食のようにバランスよくうまくバラけていた。まったく意識せずに話がバラけていたんだけど、この連載を日記のように自由に書くことができたからだと思う。ありがたいことだ。

ぼくは写真家だけどカメラから生まれたわけではない。意外かもしれないけど。がん患者ではあるけど病人として人生を生きているわけじゃない。一児の父ではあるけど子どもに人生を捧げているわけでもない。

人生はバランスだ。人生の時々でハマるものや人間関係や環境も変化する。昔はアスファルトがなかったから山と谷で喩えたのだろうけど、人生は和食のようにバランスよくバラけているものだ。

人生が和食なら主食のご飯が美味しいことが理想的だ。ご飯が美味しけりゃ、おかずは焼き魚でもトンカツでもなんでもいい。ぼくにとって人生の主食は「自分を好きでいる」ということなんだと思う。人生の主食が羽釜で炊いたご飯のように美味しいから、しっかり人生をたのしめているつもりだ。

家族や写真や趣味や病気というのは人生のおかずだ。全部大切なおかずだ。バランスよく食べてて偉いぞ。こうやって自分をほめて、自分のことを好きでいる。羽釜でご飯を炊くと美味しいからほんとおすすめです、食事も人生も。

2023年8月吉日

幡野広志

目次

装丁：鈴木千佳子
協力：小池花恵（and recipe）

冬の深夜に思うこと

人は生まれた季節を好きになるという話を聞いたことがある。そんなもん人によるだろって思うけど、たしかに3月生まれのぼくは昔から冬が好きだ。朝晩の冷たい風や、夕方に空が暗くなる時間が早くなるのも好きだ。

昨日の夜、ソファーでゴロゴロしていたらいつの間にか寝てしまい、深夜3時ぐらいに寒くなって目がさめた。ソファーで寝るクセはきっと死ぬまでなおらないクセだけど、あまりなおす気もない。

バカは死ぬまでなおらないという言葉がある。そんなもんバカのタイプにもよるだろって思うけど、たぶんこの言葉を考えた人は、ぼくみたいなタイプのバカを見たのだと思う。

寒くなって目がさめるのは何回も経験しているけど深夜3時のリビングの寒さに、冬の訪れを感じていた。冬のはじまりはどうしても病気がわかった11月末のことを思い出してしまう。眠れないほどの痛みと、日々動かなくなる下半身に恐怖を感じていた。

いまは治療のおかげで痛みも麻痺もないけど、秋がおわる冷たい風にふれるとすこしだけ落ち込む。家族への申し訳なさも感じる。そのうちまた痛みと体が動かなくなるだろう事実に恐怖も感じる。涙が流れたりもする。

すこし落ち込んだあとに、いま生きている自分を自分で褒めている。「よく頑張ってるよ」とひとりごとのように声をかけている。そしてすぐに落ち着きをとりもどす。こういう瞬間にバカでよかったなぁなんて思ったりする。

酉の市の焼きそば屋さん

近所で酉の市をやっていた。

屋台がたくさんでていて、街のみんながそわそわしているようだった。お値段はインがバウンドしているけど、屋台の商品には街を笑顔にする付加価値がある。知らんけど。

焼きそばの屋台に並んだ。まだソバをいれたばかりなのかパスタのように麺が黄色い。大将にもうすこし時間がかかるよと声をかけられた。30mも歩けば似たようなクオリティーと価格の焼きそばの屋台がある。

なんなら隣のお好み焼きでも本当はいいんだ。

だけどなんとなく、この焼きそば屋さんで買いたかったので待つことにした。
大将と雑談をして、待ったことが正解だったと感じた。

いかにもテキ屋さんっぽい風貌の大将は、もともとお役所勤めの公務員だったそうだ。仕事が嫌になり精神的に追い込まれてしまい、好きなことを仕事にしようと公務員を辞めたそうだ。いまはテキ屋の仕事をしつつ焼肉店でも修業をしていて、近いうちに焼肉店を開業するそうだ。

テキ屋業界はブラックな体質らしく、10代の若い子がはいってきても長時間労働と仕事に見合わない給料が原因で、オレオレ詐欺の方が儲かると言い残して、辞めてしまう子が少なくないそうだ。

焼きそばを作る時間で、明るい表情でいろいろと教えてくれた。大将がハマる場所は役所ではなかったのだ。きっと公務員を辞めるときは周囲の人に反対されただろう。

公務員のときよりもいまのほうが人生たのしそうですね、と声をかけると、「ああ、たいへんなこともあるけど圧倒的にたのしいねぇ!!」と笑顔で答えてくれた。

オレオレ詐欺に流れてしまった若い子にも、うまくハマる場所が見つかってほしい。もしもオレオレ詐欺にうまくハマれるなら、真っ当な社会で絶対にやっていけるよ。

屋台の焼きそばはどこもおなじような味とインがバウンドした値段だ。

だからこそ、たのしい会話ができる人から買いたい。

小説と安楽死について

ある小説を読んだ。

ボロカスな感想をいってしまうのだけどひどい内容だった。

なにがひどいかというと、小説にでてくる一人があきらかにぼくなのだ。もちろん作者や出版社から取材をうけたわけでも、連絡をうけたわけでもない。

女性旅行写真家の彼氏が多発性なんちゃらという病を患いながらも、安楽死をうったえるブログが大人気という設定だ。

結末だけざっくり書いちゃうけど、最終的にいきなりポケットからでてきたピストルで無理心中をする。しかも旅行写真家の彼女とではなく別の女性と。時代はいきなりピストルだ。

そして旅行写真家の彼女が「安楽死は反対です、彼氏は馬鹿でした」と罵るというバッドエンドだ。

安楽死に関しての内容が薄くてペラッてるけど、この小説を書いた作者は現役の医師だ。しかも日本尊厳死協会のお偉い先生だ。

この医師は安楽死に対してとてもあせっているのだと感じた。論理的な反論ができずに、感情的に不安を煽って安楽死に反対している。

これでは社会的な支持はえられないだろう。登場人物にされたぼく本人ですら、この小説を読んでもペラッペラのペラでなにも響かない。「よし安楽死をやめよう！」とも思わない。

この小説を先に読んでいた友人で緩和ケア医の西智弘先生には読むことを止められた。読んだあとにぼくのメンタルが崩れることを心配してくれていた。それでも読むと伝えたら、感想を教えてほしいと返された。ぼくのことを心配して話をきく準備があると暗に伝えてくれたようにぼくは感じた。

小説で不安を煽る尊厳死協会の医師と、ぼくのメンタルを心配する緩和ケア医。どちらも医師だからこそ、医療格差がある。患者がいい医者に出会うのは運だ。どんなに安全性の高い車を製造しても、運転手が危険な人間なら意味はない。

医療も一緒だ。すぐれた標準治療があっても運用する医療者で患者は苦しむ。

ところで旅行写真家ってなんだ？　ぼくははじめて聞いた。せめて風景写真家じゃないか。もうちょっと取材しよう。

ワクワクする買い物

２０１９年に買ったものでいちばん良かったものはなんだろう？　と２０２０年の元旦に考えた。

カメラは2台買った。カメラは金額としては高価だ。だけどいちばん良かったということでもない。

カメラなんてなんでもいいのだ。どんなカメラも一長一短で、完璧なカメラなど存在しない。いいカメラを使えば、いい写真が撮れるわけではない。

２０１９年に購入したものでいちばんよかったものは、ポテトマッシャーだ。

断トツでポテトマッシャーが一位だ。ぶっちぎりだ。

茹でたジャガイモをつぶして、コロッケやポテトサラダにするためのアレだ。

いままではクッキーの生地をのばす木の棒や、フォークの背でつぶしていた。いつか購入しようと思っていたけど、ついつい先延ばしにしていた。アクをすくうメッシュのおたまと一緒に購入した。


木の棒やフォークとちがって、ポテトをマッシュするために誕生した道具は一味違う。

なにが違うかというと、茹でたジャガイモが逃げない。茹でたジャガイモを木の棒で上からつぶそうとすると、コロコロコロッと逃げてしまうのだ。しかもポテトマッシャーなら一瞬でつぶせる。


しかし購入はしたものの、使用頻度はひくい。

熱弁しておいてなんだけど、まだ2回しか使っていない。2回ともポテトサラダだ。

ポテトマッシャーを送料無料にするために一緒に買った、メッシュのおたまのほうが圧倒的に使用頻度が高い。

いい調理道具があっても、美味しい料理ができるわけじゃない。

それはカメラと一緒なんだけど、なんでこんなにポテトマッシャーにはワクワクするんだろう。つぶす瞬間がたのしすぎる。

お年玉でお金の教育

親戚の10歳の女の子にお年玉をあげた。

お年玉をあげる側になってわかったけど、お年玉はとてもたのしいものだ。

去年のお正月は入院をしていたので、妻に代理で渡してもらった。そのときは小銭をたくさんいれた袋から手摑みでとらせた。がんばればたくさんお金が貰えるということを9歳だった女の子に教えたかったのだ。

今年は100円札で100枚、帯付きの札束にした。子どもにとって札束はおもしろいだろうし、もちろん買い物にもつかえる。レジで受け取った大人もきっと驚くだろう。100円札を知らない大人はもしかしたらニセ札と勘違いするかもしれない。

ただの買い物と一緒に大人を驚かすという経験も、大人はあんがい物事を知らないということも知ることができる。

じつはこの100円札束は年末になると価値があがる。

ぼくとおなじことを考える大人が一定数いるのか、お年玉として購入する人がいるのだ。帯付きなら15000〜17000円ぐらいで取引される。大事にとっておいて、年末に売却すれば、1万円のお年玉で50%以上の利益をあげることができる。お金でお金を増やすことができる、ということを知ることができる。

お金の教育というのは大切だ。子どもにとってお年玉は、お小遣いの年収に匹敵する金額だ。前澤友作さんが100万円を配ることが話題になっていたけど、子どもにとってお年玉は大人が100万円をもらえることとおなじことなのだ。

大人が1万円で夢を叶えることは難しいかもしれないけど、子どもは1万円で夢を叶えることができるのだ。

お年玉を親が預かって無駄遣いさせないようにすることはぼくは好きではない。なぜならお金は使うことがなによりもいちばん大切だからだ。家に帰るまでが遠足なように、お金は消費するまでが教育であり、最大のたのしさなのだ。

親がお年玉を管理するなら、子どもに返すときに50%ぐらいの利益をつけてあげたほうがいい。

日本は年に2%の物価上昇を目指している。10年後は20%物価が上がっている。輸入している原材料の値段も上がっている。

今年のお年玉を親が預かって、おなじ金額を10年後に返したら子どもは20%目減りした金額しか使えないのだ。

親がお年玉を増やすことなく預かるのは、子どもにとって経済的なメリットは皆無だ。そして10歳の1万円と20歳の1万円では価値がまったくちがう。だから親がお年玉を預かるのは好きではない。

「去年のお年玉はどうしたの？」と10歳の女の子にきくと「ママにあずけた」と教えてくれた。ふむ……う――む。

来年のお年玉は1万円札と1000円札のふたつにわけてあげようと思う。

1000円はママに渡すダミーで、1万円は自分で管理する用だ。

こういう悪知恵まで教えられるのがいまからたのしみだ。

治療のこと

体調のことや治療の詳細などはＳＮＳには書かないようにしている。たとえばどんな薬を服用しているとか、血液検査の結果がどうだったとか。

書かない理由は健康な人にはまったくもってつまらない話である上に、こういうことを書けばインチキ治療をすすめてくるインチキ人生を送る人がたくさんいるからだ。経験上、メリットがあまりない。

毎日服用すべき薬をうっかりと１週間ほど飲み忘れてしまったので、これを書いている。

たまに誤解されるんだけど、ぼくは水戸黄門様タイプではなく、助さん格さんタイプでもない。確実にうっかり八兵衛タイプなのだ。だいたいうっかりしてる。

うっかり八兵衛を見ると、ぼくだけではないのだと妙に安心してしまう。世の中うっかり八兵衛みたいな人ばかりだと大変だけど、水戸黄門様ばかりでも窮屈じゃないですか。いいんですよ、うっかり八兵衛がいたって。

ぼくは1日に10種類ぐらいの薬を20錠ぐらい服用している。おやつでも食べてるのか？　ってぐらいの量の薬を服用する。飲み忘れたのはそのうちの1種類なんだけど、かなり大事な薬だった。

当然なのかもしれないけど血液検査の結果は悪かった。たった1週間飲み忘れただけなのに。病気を薬で抑えているのだと再認識をした。

治験にたくさんの人が関わり、製薬会社が薬を製造してくれて、薬を流通してくれるトラックドライバーがいる。病院には医師も看護師も薬剤師もいる。高額な治療を可能にしてくれる健康保険料を払っている人がいる。感謝すべき存在はたくさんいる。

いまぼくが生きていられるのは、社会が安定して、経済が発展した日本で生活しているからだ。

家族のおかげでも自分の生命力でもなく、日本社会のおかげだ。忘れてはいけないことだと思う。薬の飲み忘れもいけないことだ。

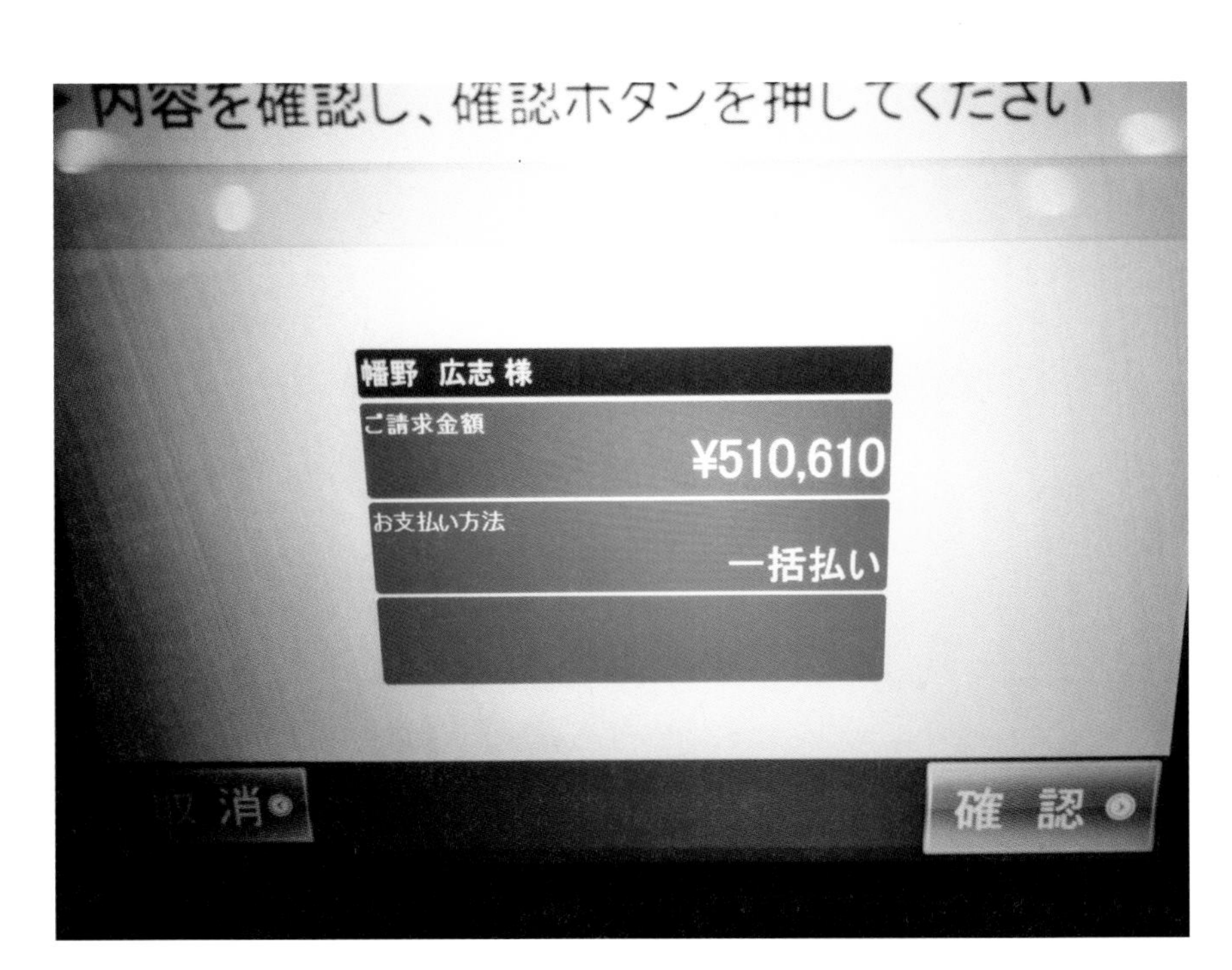
内容を確認し、確認ボタンを押してください
幡野 広志 様
ご請求金額
¥510,610
お支払い方法
一括払い
取消
確 認

旅の線

「家に帰るまでが遠足です」。先生の決め台詞だ。定番ネタのようになっていて、ちょっとバカにされたりもするけど、これは旅なれた人の言葉だと思う。

ぼくは出張が多い仕事のうえに、旅が趣味なので独身のころは1年の半分以上は家をあけていた。いまも愛媛に向かう機内でこの原稿を書いている。

帰りはフェリーでのんびりと広島に向かって新幹線で東京にもどるか、それとも瀬戸内海沿いの路線をのんびりとすすみ、電車で海をわたって岡山からもどるか、そんなことを考えていたら、そのまま原稿に書いてしまった。

旅というのは出発地と目的地の点と点を結ぶ線なのだと思う。旅の線は出会った人や一緒にいる人、食べたものや目にした景色、移動のルートなどで変わる。線の太さや濃度だって途中で変わる。ぼくは旅なれた生活をしているけど、おなじ旅の線はひとつもない。だから旅にあきることはない。

飛行機が着陸してCAさんに笑顔で見送られることも、眺める機内誌も原稿をうつパソコンも旅の線の一部なのだ。あなたもぼくも、誰かの旅の線の一部になっている。

旅の最終的な目的地はいつだって自宅だ。無事に帰宅するまでが旅だとマジで思う。帰る場所があるから旅なのだ。玄関をあけて荷物をおき、すこし寂しくなったり、安心したりいろんな感情がわいて、誰かに旅のことを話したくなる。それが旅だ。

子どものころは意味がわからなくて笑っていたことも、大人になって経験をつんでみると意味がわかったりする。きっとそれが成長なんだと思う。旅は人を成長させてくれる。

じつはこれは航空会社の機内誌に掲載する予定の原稿だった。旅の本を紹介してくださいと依頼されて、どこかでうっかりと勘違いして旅そのものの原稿を書いてしまった。締め切りが明日であわてて旅の本のことを書いている。

締め切りの朝になってこの原稿を出さなくてよかった。そしてここに旅の線の原稿を掲載することができてよかった。とにかく結果としてはよかったのだ。

香典返しにしたいくらいの

みかんにどハマりしている。ここ1ヶ月でいろんな産地やブランド違いなどみかんを200個以上は食べた。食べ過ぎだ。

ぼくがいっっっちばん好きなのは愛媛県の「紅まどんな」という品種だ。半端ない。めちゃくちゃ美味(うま)い。東京ではあまりみかけないけど、愛媛の市場には紅まどんながそこらじゅうにゴロゴロしていて心が躍る。ここは天国なのか、いや愛媛だ。みかん天国だ。

ぼくの葬式には紅まどんなを香典返しにしたいぐらいだ。塩とかよくわからないお茶の葉よりも、本人が生前にどハマりしたものを香典返しにしたほうがぼくは素敵だと思う。

みかんの評価は味だけじゃない。皮のむきやすさも重要だ。細かいことをいえば1房のサイズや水分量など総合的な美味しさが評価される。

紅まどんなはとても美味しいけど、とっても皮がむきにくい。途中でイライラしてくるぐらい皮がむきにくい。かたくてむけないのではなくて、薄い皮がポロポロとして時間がかかるのだ。

新品のお皿の裏にはってある紙のシールをカリカリはがしてるときの感覚ににている。めんどうだったり手間があったりすると、味が美味しくても、みかんのヘヴィーイーターには売れてもライトイーターにはリピートされないのだ。商売としてはこのへんがとても難しい。

ぼくは通院先の医療者に紅まどんなをお土産にわたした。

「お昼ごはんのときに食べますね」といわれたので、皮がすんごいむきにくいことを伝えつつ「ふふふ、きっと美味しさにおどろくぞ」なんて想像していた。

本当に美味しいものを食べたときって、誰かにあげたくなっちゃうんだよね。その誰かは好きな人だったりする。

ホテルの価格とクオリティー

ぼくは仕事がらよくホテルに泊まる。去年はたぶん60泊ぐらいはしたと思う。1泊800円の簡易宿泊所に泊まったりすることもあれば、海外でスイートルームに泊まったりもする。

高い価格帯のホテルも低い価格帯のホテルもどちらもたのしい。そしてあたりまえながらホテルの価格とクオリティーはみごとに比例する。いままでにたくさんホテルに泊まってきたので、地域と価格帯でどれくらいのクオリティーのホテルなのかずいぶんと前からわかるようになっている。

先日、家族で旅行に行った。ホテルの料金は4万円だった。クリスマス直後から年末年始前はホテル業界の閑散期だったので、4万円なら高クオリティーだと確信した。

が、なにかの間違いなのではないかと聞きたくなるほどの部屋だった。八王子で8畳1ルーム電気コンロのある月4万円ぐらいの物件にある、ユニットバスと小さな窓がひとつある。窓の目の前はすぐ建物の壁があり景観はおろか光も入らない。天井には蛍光灯がチリチリと光ってる。1泊5000円でも微妙だ。

テレビをつけると中国語の番組が流れた。それで気がついた。前に泊まったのは中国人観光客なのだろう。観光地もホテルも中国人だらけだ。

インバウンドは理解できる。値段は需要と供給で決まる。でも、金額だけ上げて質はそのままだから、中国人の富裕層に失礼だ。彼らは世界中の高級ホテルに泊まって質を知っている。外国人観光客を騙しているようで気分は良くない。

高い品質のものを安く売るのは間違ってるけど、低い品質のものを高く売るというのはどうだろう。短期的には稼げるかもしれないけど、長期的には信用を失うだけじゃないだろうか。

家族でこの部屋に泊まると4万円以上のものを失いそうで、すぐに周辺のホテルを探した。3万円以下でいまよりもいい部屋が近くのホテルで空いている。ため息をつきながらも妻にホテルの移動を提案した。4万円を捨てることになるので出費としては7万円になる。妻もすぐに了承した。

だけど移動も面倒なのでホテルに3万円追加でアップグレードできないか交渉した。部屋があまりにもひどいことも、別のホテルに移動する予定であることも正直に伝えた。こんな交渉は人生ではじめてだ。

対応は早く、すぐに部屋を変えてくれた。変わった部屋はジュニアスイートになった。洗面台はふたつ、バストイレは別で広々、トイレに入ったら自動でフタが開く。L字のソファとBOSEのスピーカーまである。

さっきの部屋が4万円でこの部屋が7万円なわけないだろ、何かの間違いでない

かと聞きたくなったけど、よくよく
考えたら1泊7万円だから妥当なん
だよね。

17歳と37歳

3月1日に誕生日を迎えて37歳になった。17歳のころからは37歳なんておじさんだと思っていたけど、37歳になってみるとまだまだ若いなって感じてしまう。でも自分のことを若いって考えてしまう思考こそがおじさんになった証明だ。

21歳の人の「もう21だよ、やばい」みたいなおじさんとおばさんの感情を逆撫でする無邪気な発言があるけど「まだ37歳だよ、わかい」みたいな発信も若い人からすればウザさしかないだろう。

若いころは背伸びがしたくて大人ぶりたかったけど、いざ本当に大人になってみると若者ぶりたくなるものだ。

誕生日は3月とは思えない暖かい天気だったので、家族でマス釣りにでかけた。渓流の自然をいかしたつくりの管理釣り場だ。きれいなトイレもあるし、レストランもあるので家族づれにはぴったりだ。

きびしい大自然のなかで一人で釣りをするみたいな魅力はとてもいいけど、ゆるい自然のなかで家族と一緒に釣りをするのもまた質の違う魅力がある。

子どもの背丈にはすこし長い竿をかりた。竹竿なので長いだけでなく重い。ミミズみたいな虫を針につける。3歳の子どもでも簡単に釣れる。この簡単さがいい。まずは釣れることでおもしろさを感じてほしい。

針を仕込まれた虫を魚が食べることを知ってほしい。長くて重い竹竿から魚の振動を感じてほしい。魚から血が出ることを知ってほしい。内臓を抜いて料理することで美味しく食べられることを知ってほしい。

夜ごはんはマスの塩焼きにした。台所で魚を焼くぼくに妻が「誕生日なのにごはんつくらせてごめんね」と謝ってきた。釣りも料理もぼくがやりたいことだからいいのだ。やりたいのだ。

年齢や環境に応じてたのしいことは変わってくる。若いころはつまらないと思っていたことでも、おじさんの仲間入りしてみるとたのしいものだ。脂がたっぷりのった大トロの寿司よりも、おまけのような存在だったガリの美味しさに気づいたりする。手のこんだ美味しいガリを食べられたらしあわせだ。

もちろん若い人のたのしさもとてもうらやましい。大トロを食べられる内臓がうらやましい。若くてもおじさんになっても人生はたのしいものだ。17歳のころの自分に教えてあげたい。

新型コロナウイルス

新型コロナウイルスが世間を騒がせている。

会った人だけでなく、見知らぬ人からもＤＭなどで気をつけてくださいってお声をかけてもらうのだけど、免疫力が抜群に落ちている血液がんの患者だ。気をつけていないわけがない。

病気になってから自分が風邪やインフルエンザ、肺炎や食中毒で死ぬ可能性がグッと高くなったことを自覚している。

健康なころは風邪であれば２日も休んでいれば回復していたけど、いまでは２週間ぐらい体調が悪くなる。免疫力が落ちるとこうなる。

感染症にかかりたくなければ、家族と離れて無菌室みたいなところに閉じこもり、ベリーウェルダンなステーキを食べるのがいい。だけどぼくには行きたい場所だって会いたい人だっている。それにぼくはステーキの焼き具合はレアが好きだ。

ちょっとマニアックだけどレアよりもさらに火を通さないブルーレアが好きだ。そもそも認知されていないのと、滑舌の悪さが重なってベリーレアと聞き間違えられて、ほぼミディアムのステーキがきたことがある。

ステーキの話はいいとして、いままでになんども感染症にかかってきた。今シーズンだけで3回もインフルエンザの検査をしている。そのたびに綿棒の親分みたいな検査キットを鼻に突っ込む。脳みそにタッチするぐらい突っ込まれるのでつらい。

新型コロナウイルスの感染防止の影響でインフルエンザの患者が激減したそうだ。社会のみんなが感染症にならないように気をつけてくれるから、ぼくも感染のリスクがさがる。

ぼくはインフルエンザの予防接種をしてもそもそも免疫力がさがっているので効果があるのかわからない。だからインフルエンザが流行する時期は脅威を感じつつも、寿司や牡蠣やレアのステーキを食べて順調に体重を増やしている。冬は食事が美味しいのだ。

悟飯とピッコロ

急に『ドラゴンボール』が読みたくなった。ぼくはナッパとベジータが地球を襲いにきたあたりが好きなので、18巻をKindleで購入した。

子どものころは戦闘のかっこよさに心を奪われていたけど、大人になって読んでみると悟飯の境遇の過酷さに胸が痛くなる。

父親の悟空は殺されて、ピッコロ大魔王に連れ去られ戦士にするべく厳しい訓練をうけさせられる。まだ5歳ぐらいの子どもだ。ちなみに悟飯はお勉強をして学者になりたいそうだ。

実戦がいきなりのナッパ、勝てるわけがない。師匠であるピッコロだって歯が立たないのだ。

ネタバレしちゃうけどナッパとの戦いで、ピッコロは自らを犠牲にして悟飯を守る。孤独な大魔王であったピッコロが「まともにオレとしゃべってくれたのはおまえだけだった」と死の間際に涙を流す。

ここでぼくも涙がボロボロ落ちてしまった。子どものころに読んだ漫画や観た映画は、大人になると感じ方が違うものだけど、まさか『ドラゴンボール』を読んで泣くとは思わなかった。

地球での戦闘後に悟飯はひさびさに会った母親の反対を押し切ってナメック星に行き、フリーザ軍団と戦う。そして地球に戻って人造人間やセルと戦う。とても過酷だ。

完全体のセルに戦いを挑むときに「平和な世の中をとりかえそう。学者さんになりたいんだろ？」と悟空が悟飯に声をかける。

子どものやりたいことをちゃんと覚えていて、否定もバカにもしない。悟空は悟飯にたいしていつも前向きな言葉をかけている。すごくいいお父さんじゃないか。『ドラゴンボール』はぼくが小学生のころに『週刊少年ジャンプ』で連載をしていたものだけど、当時の大人たちもいまのぼくとおなじようなことを感じたのだろうか。

ナッパとベジータ戦のところだけを購入するつもりが、気づけば35巻までKindleで買ってしまった。ちょっと買いすぎたけど、いい買い物だ。17巻も買おうかな。Kindleじゃなくて書籍で買って本棚にいれておけばよかったとすこし後悔。そうすれば息子が大きくなってから戦闘のかっこよさにひかれて読むかもしれない。そしてさらに大きくなったときに、お父さんはなにを感じたのだろうか？と思いをはせてくれるかもしれない。

外出自粛の週末

2020年3月の最後の土日、東京が外出自粛になった。

大人だけならスマホをいじったり、ゲームをしたり映画を観たり本を読んだりすることはできる。しかしちいさい子どもがいる家庭はなかなか大変だったのではないだろうか?

ちいさい子どもと一緒にずっと家にいることは難しい。この土日をどう乗り越えるかを金曜日の朝から考えた。

朝ごはんと昼ごはんを息子と一緒につくり、おやつはドーナツを一緒につくった。

YouTubeやAmazon Prime Video、おもちゃやお菓子、Nintendo Switch、お父さんがコレクションしてるモデルガンや工具箱まで総動員した。

夜ごはんの食材をスーパーに買いにいくタイミングに、散歩をかねて家族ででかけた。街には人はほとんどいないのでスーパーが買い占めで混んでいるのか、自粛で空いているのか想像できなかったけど、混んでいるでもなく、空いているでもなく日常とまったくかわらない普通の状態だった。

夜ごはんをまた一緒に息子とつくり、お風呂にはいって土日を乗り切った。子どもと過ごすための道具やサービスをいろんな企業が開発してくれて、電気やガスや水道が安定しているから、大変だ大変だといいながらも土日は笑顔で乗り越えることができた。

スーパーや流通業界で働いている人がいるから、なによりも医療現場で働いている人がいるから安心して生活ができる。それぞれの現場で働く人のおかげで社会は成り立っている。崩壊をしてもいい現場などないだろう。

そんな中で社会にたいして自分にできることはなんだろうと考える。こんな気持ちになったのは東日本大震災のとき以来だ。

おやつミックス

あたらしい日常を生きる

体調がすこぶる悪くなり、なんらかの感染症にかかっているとすぐにわかった。ただ、あきらかにいつもとちがうのは呼吸が苦しいことだ。

コロナで騒がれているこの時期にいきなり病院に行っても迷惑だろうから、帰国者・接触者相談センターなるところに相談すると、いますぐ病院に行くよう指示をされた。

病院に到着するとテレビやネットニュースでさんざんみかけた防護服をまとった重装備の医療者が何人も待機していて、病院の敷地内に隔離されたテントに案内された。

テントの屋根にとりつけられた蛍光灯に照らされながら問診や検査をうける。健康なときは０・１ぐらいのＣＲＰ（ＰＣＲ検査じゃないよ）という体内の炎症反応の数値が14とすこし高い。

前に肺炎と敗血症になってしまって死にかけたときは49というハイスコアをだして医療者の方々を驚かせたことがある。だから14ときくと、ぼく自身もなんだ大したことないかと思ってしまうけど、やっぱりキツいものはキツい。

いまは抗生物質がよくきいて、呼吸は喘息の薬でおちついた。きっとウイルス性の感染ではなく細菌性の感染だったのだろう。

テントで隔離されているときに、看護師さんに「エラいですね、エラい」となぜかたくさん褒められた。なんでそんなに褒められるんだろう？　いきなり病院にこないで相談センターに連絡してから病院にきて、院内感染のリスクを抑えたことなのか？　えへへ。って思ったけど、あきらかに会話が嚙み合わないタイミングで褒めてくれる。

気になって看護師さんの出身地をきくと名古屋だと教えてくれた。なんで名古屋の人は出身地を愛知といわずに名古屋というんだろう。神戸と横浜と金沢市民、あなたたちもだ。

看護師さんの〝エラいですね〟は〝大変ですね〟とか〝ツラいですね〟という意味だったのだ。これなら会話が嚙み合う。東海や山陰でたまにきく方言だ。

テントには5時間ほどいた。この5時間でぼくに関わった医療者は10名以上だ。感染の不安や緊張を与えただろう。テントからでた医療者が、外でふぅ――――っとおおきく呼吸していることからも窺えた。

いまは（このときは）1日に2~3人程度しかコロナ疑いの患者さんはこないらしいけど、これが1日に30人もきてしまえば現場はかなり圧迫されるだろう。しかし時間の問題だと思う。

世界が大変なことになってしまった。これからどうなるのだろうか。

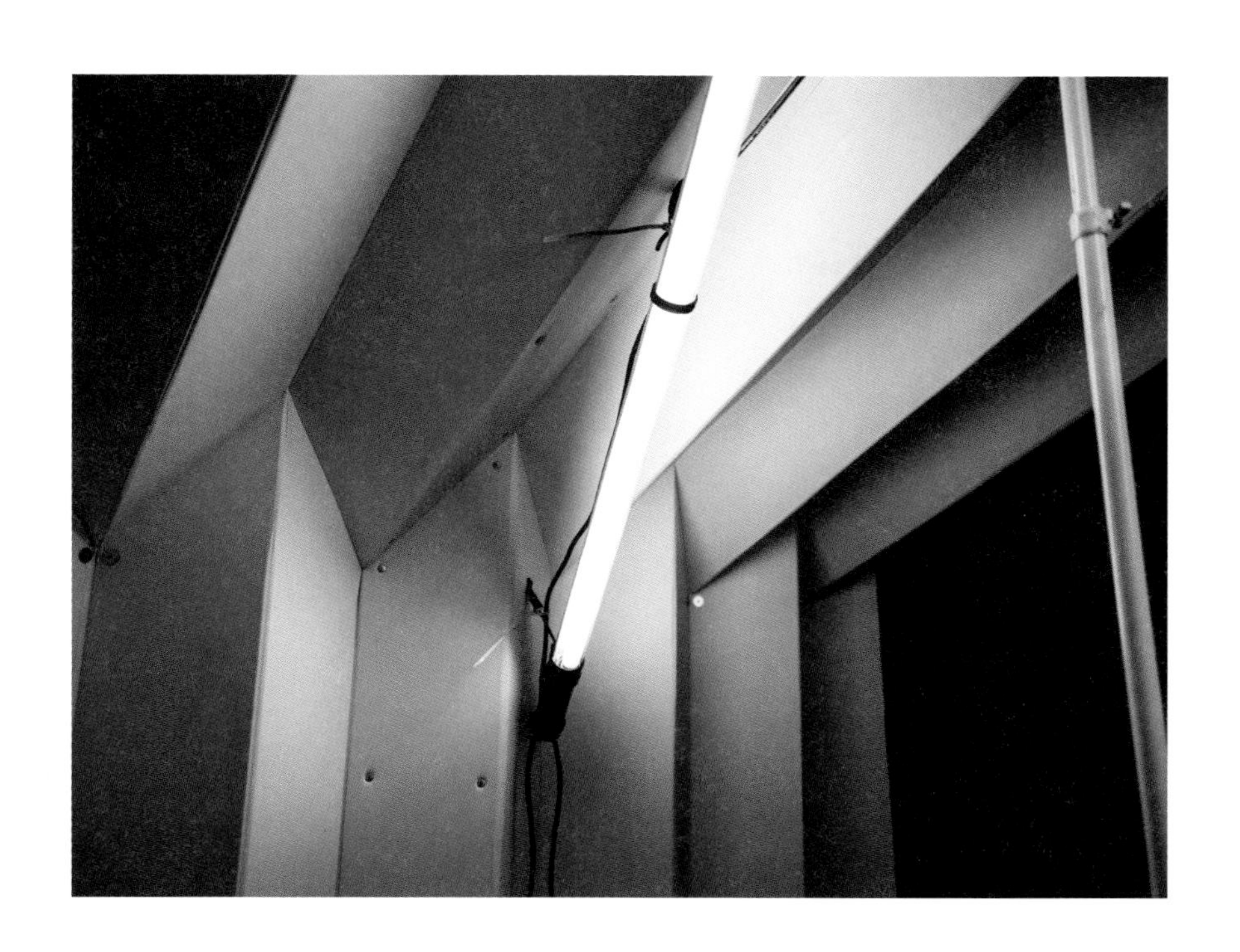

収束を願うばかりだけど、健康な人が大病を患って一命をつなぎとめても、健康なときの日常は戻ってこないこととおなじで、あたらしい日常がはじまるのかもしれない。

息子の質問にこたえる

新幹線がロボットに変形して敵とたたかう、「新幹線変形ロボ シンカリオン」というアニメがある。

3歳の息子がハマっていて、ヤクルトのフタをはがすときでも「しんかりおーん」と声をだして力をだしている。だいたいフタがはがれた瞬間にピュッとヤクルトがとびちる。ぼくは「シンカリオーン」といいながらティッシュでとびちったヤクルトを拭き取る。

お風呂にはいるときも、防水のBluetoothスピーカーでシンカリオンのオープニング曲をリピートでながす。息子はノリノリなので体を洗うのもはやい。曲の歌詞の中に時代という言葉がでてくる。あれはなに？　これはなに？　という質問期に突入した息子に「じだいってなに？」と質問をされる。

時代……なんだろう。あれ、なんだ時代って。37歳になって時代がわからないぞ。3歳の子どもに時代が説明できない。いや、縄文時代だとか江戸時代だとかそういうことはわかる。

でも時代そのものを包括するような、時代を説明する言葉がわからない。

ここでうっかり「期間のことだよ」なんてこたえると質問期の息子から「きかんってなに？」が返ってくる。子どもの質問期は知識を吸収する大切な時期であり、大人とのコミュニケーションでもあるので、答えだけを与えればいいというものでもない。

時代、じだい、う―――ん、とけっこう悩んでしまい、一曲リピートされてまた時代という歌詞がうたわれたころに「時代というのは人が生きるということです」

と達観したような答えをしてしまった。

その答えが正解なのか不正解なのかもわからないけど、お父さんとのコミュニケーションに満足したのか、息子はボディーソープのボトルを「しんかりおーん」と叫びながらポシュポシュポシュとおしている。

「ひとがいきるってなに？」が返ってこなくてよかった。ふやけるほどにまた悩んでしまう。

料理がはかどっている

あんまりいいたくはないのだけど、外出自粛になって料理ばかりしている。料理どころか掃除や本棚の整理など家事がはかどっている。

なんでいいたくないのかというと、在宅勤務になって働くパパさんやママさんたちが「家にいるんだから、家事ぐらいできるでしょ」という誤解の突風をうけてほしくないし、なによりいろんな原稿を待たせてしまっているので「料理してます」とはちょっといいにくい。

たけのこがスーパーで売っていた。皮のついたたけのこだ。隣には皮がむかれて水煮されたパックのものもある。この日のごはんは天ぷらにしよう。皮つきのたけのこをカゴにほうりこんで、エビやキスや玉ねぎなどいろんな食材を買った。

人生ではじめてたけのこの皮をむいた。むいてもむいてもたけのこが出てこないという逸話は本当だった。そしていざたけのこがお目見えすると、いったいどこからどこまでが食べられる範囲なのかもよくわからない。

なんとなくざっくりと切って、衣をつけて油であげる。ぼくが天ぷらをつくると、なぜかあつぼったくなる。お店で食べるような繊細な天ぷらにならない。たけのこの天ぷらというよりも、フライドたけのこというほうがしっくりくる。

エビはなんだかエビフライっぽいし、玉ねぎはオニオンリングのようだ。キスにいたってはアジフライのようだけど、さすがにキスはアジにならない。

とにかく天ぷらっぽくないけど、味見のためにフライドたけのこをひとつ食べる。

……うん美味い!!

見た目がアレだけど美味しいじゃない……か……ん?

なんか口の中が痛い。口の細胞を破壊されるような感じだ。すんごい痛いわけじゃないけど、炭酸ではない飲み物がほしくなる。

「ちゃんとアク抜きした？」と妻に聞かれる。なにそれ？
たけのこは米ぬかや重曹をつかってアク抜きをしなければならないらしい。
知らなかった、というかちょっと面倒くさい。
アク抜きしないたけのこが凶暴なものだとは知らなかった。
この日の食卓からフライドたけのこが消えた。

翌日、たけのこご飯とたけのこの味噌汁をつくった。
偉そうにいっちゃうけど、もちろんアク抜きされてパックされたものを買った。
恐る恐るたけのこを食べる妻を見て、吹き出しそうになってしまった。

¥200.
1盒
¥100.
1盒
¥80.

チョコロネをわけあって

甘いものが食べたくなって、息子とセブン‐イレブンにいった。ぼくはセブン‐イレブンが好きだ。会計時にポイントカードの有無を聞かれないところが最高にいい。

レジには数人の客が並んでいたけど人との距離をとるために、レジからすこし距離のあるパンコーナーのあたりが最後尾になっていた。

ふと目をやるとチョココロネが売っている。「チョココロネじゃん。お父さんこれ好きなんだよね」と息子に教えると「それじゃあ、かっていいよ」と息子に許可された。

お金をだすのはお父さんだから、チョココロネを購入するのにあなたの許可はいらないよ、ふふん。と心の中で思いながらもいうのは無粋なので「ありがとう」といいながらチョココロネをひとつ手にとった。

そんなエピソードを笑いながら妻に話したら「それはあなたが、ゆう君の好きなものをいつも否定しないで買ってあげてるからでしょ」と教えてくれた。

あぁそうか。「そんなのいらないよ」とか「どうせ食べないでしょ」という否定の言葉を息子にかけ続けていれば、チョココロネが好きなんだよねと教えたときに、もしかしたら「そんなのいらないよ」とか「どうせたべないでしょ」という否定の言葉が息子から返ってきたかもしれないのか。

好きなものを否定されるというのは、大人でも子どもでもつらいことだ。それなのに親は子どもの好きなものを否定しがちだ。スーパーのお菓子売り場にいる親子の会話を聞いていると実感する。

息子には否定ではなく肯定が連鎖したようで、ホッとした気持ちになった。

チョココロネの袋をあけてぼくが食べようとしたら、息子が食べたいといいだした。

もちろん快くチョココロネをあげた。こうすることでいつか自分の好きなものを誰かに快くあげられるかもしれない。

だけどぼくもチョココロネが食べたい。

「ちょっとちょうだい」と息子にお願いすると「いいよ！」と快くチョココロネをちぎってくれた。肯定の連鎖だ。

しかし息子がちぎったのはチョコがまったくない、しっぽの部分だった。

チョコがない。これじゃあただのコロネだ。なんだコロネってコロナかよ。

チョココロネはチョコがあるから美味しいんじゃないか。息子が手にしているしっぽがなくなったチョココロネは相対的にチョコが増量されて、美味しさがアッ

プしているじゃないか。

でもそんなことをいうのは無粋なので「ありがとう」といいながら食べた。

つぎからチョココロネはふたつ買おうと思う。

スタバのソーシャルディスタンス

いつもだったら利用客で混んでいる時間帯のスタバに行った。
先に席を確保していないと知り合いのいない立食パーティーのように、ドリンク片手にウロウロするはめになるのだけど、この日はコロナの影響なのか席は半分ぐらいしか埋まっていない。

カウンターでアイスラテのグランデを受け取り、目星をつけていた席に向かう。そこでようやく気がついた。一見すると半分しか埋まっていない席は、ソーシャルディスタンスで半分の席が使用中止になっていて満席だったのだ。

マジかよ。一瞬でスタバが知り合いのいない立食パーティー会場になった。テーブルが水滴でピチャピチャになり、ドリンクが空になってしばらくたっているであろう大学生Ｍａｃ民からソーシャルディスタンスをとりつつ席に座ることができた。大学生Ｍａｃ民よ、ドリップコーヒーならおかわりが１６５円だぞ。

アイスラテを飲みながら改めて社会が大変なことになったのだと感じた。スタバに限った話ではないけど、ソーシャルディスタンスのために満席にしても客数は半減なのだ。それでいてテナント料は以前のままだろう。

商品を値上げすることで帳尻は合わせることができるのだろうけど、そもそも値上げが悪という価値観を多くの人が抱いているし、自粛期間中に値下げや無償提供で支援や応援をする空気の残り香があるため難しい。

値上げができないなら、商品のサイズを小さくしたりすることが考えられるけどこっちはこっちで反発がありそうだ。そもそも焼け石に水感もある。だったらテイクアウトに力をいれるということなんだろうけど、コンビニにテイクアウトできる美味しいドリップコーヒーがある。そして日本でお金を消費していた外国人観光客もいない。厳しい。これは厳しい。

最終的には人件費を安くするということなんだけど、人は商品の値下げは喜ぶけど、給料の値下げを喜ぶことはない。給料の値上げを求めるけど、商品の値上げには反対する。

大変な状況に追い込まれたお店や従業員がいると思うけど、消費をすることでしか、状況はよくならないとぼくは思う。外出自粛で行ける場所がなくなって大変だったのに、外出自粛が解除されても倒産や閉店で行ける場所が失われたら本末転倒だ。

可能な範囲でめちゃくちゃ買い物して消費するからまじで消費税を下げてほしい。

児童憲章

こどもの日になると、ぼくは児童憲章を読んでいる。

児童憲章って漢字が4つも続くとなんだか難しそうだけど、憲章というのは法律とは違うので罰則があるわけでもなく、目標や宣言というニュアンスに近い。児童憲章はすんごくかんたんにいえば〝子どもルール〟みたいなことなのだと思う。

児童憲章のひとつ目は「すべての児童は、心身ともに健やかにうまれ、育てられ、その生活を保障される」というものだ。なんだかあたりまえのことだし、ありがちな標語だ。ひねくれている人からすれば綺麗事に見えるかもしれない。実際にぼくはひとつ目の項目をはじめて読んだときに綺麗事だと感じた。

ところがふたつ目ですこし空気が変わる。

「すべての児童は、家庭で、正しい愛情と知識と技術をもって育てられ、家庭に恵まれない児童には、これにかわる環境が与えられる」

耳と胸と記憶が痛くなる人がちらほらと出てくるんじゃないだろうか。12個ある項目の全部が〝すべての児童は〟ではじまっていて、親の義務が書かれているのではなく、子どもの権利が書かれている。

興味深いのは児童憲章が制定されたのが終戦からわずか6年後の昭和26年の5月5日こどもの日ということだ。当時の大人が集まってこの憲章を決めたのだ。その大人たちは空襲で亡くなったたくさんの子どもの遺体を目にしているはずだ。

そして当時は戦争によって保護者を失った戦争孤児が街に溢れていたはずだ。戦争孤児をいちばん想像しやすいのは「火垂るの墓」にでてくる清太と節子や「はだしのゲン」にでてくる子どもたちだ。

戦争孤児ときけば現代の我々はかわいそうだと思うかもしれないけど、当時の人たちは徒党を組んだ戦争孤児の被害にもあっているだろうから、一部の大人には忌み嫌われる存在だっただろう。

子どもへの被害と子どもからの加害を目にした当時の大人が、子どもは人として尊ばれる、子どもはよい環境の中で育てられると宣言をして、子どもから尊厳を奪ったり社会から排除したりするのではなく、子どもには権利があって慈愛を与えましょうと決めたことは素晴らしいと思う。こどもの日は児童憲章を読みたい。

顔は覚えているけれど

知らない人からちょっと深刻な謝罪メールが送られてきた。その人はぼくのことをよく知っていたようだけど、ぼくはまったく記憶がない。

ぼくはそもそも記憶力があまりいいほうじゃない。脳をつかった○○力という類いはまんべんなく低いと思う。ひらたくいえばバカだ。人の名前なんて一度会っただけではまず覚えられない。

だからイベントなどで書籍にサインを書いているときはけっこう大変だ。なんども足を運んでくれる方がいて、顔はなんとなくわかるのだけど名前はさっぱりわからないという人が少なからずいる。

相手は自分の名前をぼくが覚えてくれているだろうという前提だし、こちらも名前は聞きにくいのでサインを書く短い時間で心理戦が始まる。その日の日付を書きながら前回会ったときに話した内容や場所などをこちらから話す。

ぼくは名前は覚えられないのに、会話の細かい内容なんかはよく覚えていて、驚かれることが少なくない。だけど名前が覚えられないので、タイトルのついていない整理不能な本が頭の中にいっぱいあるようなものだ。

会話を覚えているのは実際に会った人限定で、メールやSNSでのやりとりなどは友達でもないかぎり、やりとりしたことすら覚えていないので、やっぱり壊れたレイディオのようにポンコツなのだ。

サインを書いているときに名前は思い出せないのだけど、ぼくはあなたの会話をここまで覚えてますよというポーズをしつつ、お名前なんでしたっけ？　と最後に聞いて、こちらの申し訳なさと相手のガッカリ感をすこしでも減らすための心理戦をしている。

顔はわかるけど名前がわからない問題は、きっとサインを書いている人あるあるだと思う。ファンとの距離が近いアイドルなんかでもきっと頭を悩ませていることだろう。私の名前覚えてますよね、どこで会ってなにを会話したか覚えてますよね？　的なスタンスでクイズをふっかけられると正直なところ本当に疲れる。短い時間で1対1の対応を何百、何千とやっているのだ。

アイドルとかのイベントに行くという全国の鈴木さんは「鈴木です、前回の△△（地名とか）でのイベントぶりです」とかいってくれるとじつは相手をすんごい助けることになる。佐藤さんでもいいけど、自分の名前を先にいって、どこで会ったかもいってくれると、それだけで好感度は上がります。

謝罪メールのことを書こうかと思ったのに脱線して、まったく違う話を書いてしまった。こういうことを含めてやはりポンコツなんだな。謝罪メールのことはまたこんど書こう。

謝罪メールと誹謗中傷

知らない女性から謝罪のメールをいただいた。ぼくはその人のことを全然知らないのだけど、その女性はぼくに謝りたくてとても悩んでいる様子だった。彼女は以前ＳＮＳでぼくのことを誹謗中傷したことがあり、そのことを謝罪してきたのだ。

ＳＮＳでの誹謗中傷が問題になり、法律で規制をする動きや、誹謗中傷をされた側が訴訟をするという動きが加速している。今回の謝罪メールは訴訟を恐れた人があらかじめ謝ってきたというありがちなことではなく、むしろ謝罪されたこっちの胸が痛くなるようなものだった。

誹謗中傷の内容はぼくが狩猟でウサギを獲って食べたことを引き合いに出して、ウサギを食べたから天罰でがんになったんだザマアミロというものだった。がんになることが天罰ならば、ウサギもがんになるので、がんになったウサギにはなぜ天罰がくだるのだろう？

鶏や牛や豚や野菜を食べていれば天罰が免除されるのかよ？　天はずいぶん気まぐれな罰をあたえるものだ。気まぐれが許されるのは残念ながらシェフのサラダだけだ。

狩猟を批判してくる人はよくいるんだけど、それがパクパクと唐揚げを食べているような人だと、行動力はあるけど思考力のないワガママボディーだなとしか正直なところ感じない。

野菜しか食べないベジタリアンに批判をされても、野菜を守るために野生動物はたくさん殺されている。野菜は野生動物の命と引き換えに生産されている。

動物がかわいそうというのはとてもよく理解できるけど、感情がベースになった議論ほど寿命の無駄はない。

謝罪のメールには誹謗中傷をしてきた女性が乳がんになってしまったことが綴られていた。だけど自分が病人になったことで、病人のつらさがわかって謝罪をしてきたというものではない。

彼女はぼくにひどいことをいったことが原因で自分が乳がんになったと思い込んでいた。つまり自分が天罰で乳がんになったと信じているのだ。勘弁してほしい。

天罰なんて神様の実在レベルの話だ。ネットや本で神様の話を読むのはワクワクするけど、三丁目の田中さんが自分のことを神様だといいだしたら、ぼくは三丁目を迂回する。

天罰をいいだす人は天罰を因果関係で証明してほしいものだけど、天罰がどういう人は、災難が自分に降りかかったときに天罰で苦しめられるのだと知って胸が痛くなった。

彼女は過去の誹謗中傷を許してもらえば、自分の乳がんが治ると思っているよう

にも感じたけど、残念だけど病気はそういうものじゃないし、ぼくだって身勝手な誹謗中傷と謝罪をしてくる人を相手にするような優しさを持ち合わせていない。残念ながらぼくは神様じゃないのだ。

ジャンケンの必勝法

息子がジャンケンを覚えたようで、いかなるシーンでもジャンケンをふっかけてくる。愛息といえど手加減はしない。ぼくは接待ジャンケンなんぞしたくない。

自分でいうのはアレだけど、ぼくはジャンケンが強い。ジャンケンなんて運や確率の勝負だから強さは関係ないと思うかもしれないけど、その確率を最大限まで引き上げる魔法則がある。

ジャンケンは高い戦略性が必要で、そこに瞬発力と判断力が求められる高度なゲームだ。たかがジャンケンと思わないでほしい。

かけ声は「さいしょはグー」にする。これは絶対だ。人は最初にグーをだすと、次にチョキかパーをだしたくなる。連続したグーを避ける傾向がある。

相手がチョキかパーをだすのだから、自分はチョキをだせば勝てる確率が高い。チョキをだしてあいこだったら、相手は連続チョキを避けるのでグーかパーをだしてくる。そこで自分はパーをだせばいい。その繰り返しだ。

つまり、自分がだした手に負けるものを出していけばいい。最初はグー↓チョキ↓パー↓グーといった感じだ。ぼくはこの魔法則を熟知しているので、息子とジャンケンで勝負するなんて赤子の手をひねるようなものだ。

「さいしょはグー、じゃんけんぽんっ」息子が声をかける。ぼくの初手はもちろんチョキだ。息子の初手はグーだった。なんてこった。あっさり負けた。

敗因は息子が手の形を変えるのがめんどくさかったことか、お父さんとのジャンケンに緊張して手が動かなかったことだろう。これは予測できなかった。

勝利の味をしめたのか、また息子に勝負をふっかけられる。息子よ、それは勝者の奢りだ。君はいまグーで勝ったからきっと次もグーでくる。そしてお父さんは、パーで勝つ。

「最初はグー!! じゃんけんぽんっ!!」こんどはぼくが声をかけた。すこしだけ大きな声で、早口で。これで息子はあせり、緊張して握りしめたグーを変えられずそのままだすはずだ。これが戦略だ。

ぼくはパー、息子もパーだった。予想外だ。あいこに持ち込まれた。ここで気づいた。息子はきっとチョキをださない、いや……だせないのだ。チョキの形状は幼児にとって複雑だ。

息子はグーかパーしかだせない。つまりこちらがパーだけをだしていれば負けることはない。次で決める。

「あいこでしょっ」息子が声をだす。
ぼくの二手はもちろんパー、息子
の二手はチョキだった。勝てない。
息子はうれしそうだ。完敗だった。

落としもの

財布を落とした。渋谷のホテルに宿泊したときに落としたようだ。財布を落としたのは2年ぶり4回目ぐらいだ。ぼくは財布だけでなくカメラをなくしたりもする。「写真家にとってカメラは命よりも大切」なんていったりするけど、ビックカメラで値引きされてポイントまで加算されて売られるものが命よりも大切なわけがない。どんだけ写真家の命は安いんだ。この言葉はきっとカメラ1台で家が1軒建つような戦前の名残なんじゃないだろうか。命のほうが圧倒的に大事だよ。

よく財布を落とすので、ぼくのスマホケースにはクレジットカードと1万札がはいっている。もちろんQUICPayもモバイルSuicaも重宝しているので、財布がなくても帰宅困難という八方塞がりはおきない。
財布にはGPSもはいっているから、どこで失くしたかわかるようになっている。
だから財布を落としてもさほど焦ることはない。

ぼくの財布はホテルの清掃員の方が見つけてくれたようだ。ホテルから電話連絡をうけたときに「1割ぐらいお金抜いちゃっていいですよ」と冗談半分、本気半分で伝えたのだけど、ホテルの方に笑われたので冗談だと受け取られたようだ。

正直者が損をするのではなくて正直者が得をするような社会であってほしいから、なにかしら得があっていいのだけど、ひろった財布から現金を抜くのはさすがに気がひけるだろうし、ホテルだから謝礼金は受け取りにくいのかもしれない。

ちょうど写真展会場で気仙沼の物産を売っていたので、お礼にぼくのおすすめ気仙沼物産をパックにしてホテルに渡した。免許証やクレジットカードやキャッシュカードが入った財布だ。再発行の手続きは面倒だろうし、不正使用やスキミングされればとても大変なことになる。正直者が見つけてくれて助かった。

ホテルの方は恐縮していたが、とてもありがたいことをしてくれた。渋谷で宿泊するときはこのホテルにいつも泊まろうと思う。

手元に戻ってきた財布を確認すると現金が９０００円しかはいっていなかった。１割抜いたら９００円だ。もしかしたらホテルの人が笑った理由はこれかもしれない。

いろんなものを失くしたり落としたりするんだけど、だいたい正直者のおかげで手元にもどってくる。本当に感謝している。だからぼくも正直者でいようと思える。

妄想幡野

毎日何通もメールを送ってくる女性がいる。
〝昨日は遅くまでありがとうございました〟とか〝幡野さんに背中を押してもらって助かりました〟というお礼メールで1日がはじまる。お昼にも夕方にも夜にも、1日に何通も届く。

ぼくとメールのやりとりをした人は知っているけど、ぼくはメールの返信をほぼしないタイプの社会不適合者だ。謝罪しておきます。ごめんなさい。そしてぼくはホームレスにも大統領にもわけへだてなくおなじ対応をするタイプです。

もちろん健康なときはメールの返信はこまめで丁寧だった。あたりまえだ。フリーランスで仕事をする写真家だ。ただ病気になってからメールやメッセージが多くなって連日深夜の2時か3時ぐらいまで返信作業に追われた時期があり、これじゃ死因がメール返信になると感じてやめたのだ。

毎日メールをくれる彼女にぼくは返信を一通もしていない。だけど彼女はぼくからのメールを受信しつづけて、ぼくからのメールに返信をしている。返信だけはしっかりとぼくに届くというすこし奇妙な話だ。

「ツイッターで自分のことが騒がれて困ってる」というメールがきたときに気づいたけど、おそらく妄想なのだろう。彼女に対して怖さや気味の悪さのようなものは感じない。

心理的にも物理的にも距離があって、安全だと感じるからだ。だけど周囲の人や家族の方は大変なことだろう。

彼女のなかの妄想幡野は、なかなかの紳士っぷりなようだ。いつも彼女は感謝をつたえてくる。えらいぞ妄想幡野、その調子だ。

ところが最近、彼女からちょくちょく怒りのメールがくるようになった。「いい加減にしてください！　迷惑です！」と書いてある。げげんちょ……なにしたんだよ妄想幡野。

あらためていうけど現実幡野は一通も返信していない。こうなってくるとちょっと……怖い。幡野にこんなことされた！　と周囲にいいふらされるのもすこし困ったものだ。こちらからすれば妄想だけど、彼女からすれば現実だ。

身の危険を感じれば通報すればいいのだけど、最悪の場合は逮捕ということになるだろうし、強制的に入院させられる可能性もある。

彼女にはちいさな子どもと旦那さんがいるそうだ。ご家族の心中を考えると、やはりいまとれる手段は良くなることをただ願うしかない。

ライカM10

ライカのM10というカメラを買った。

Googleでググッたり Amazonでアマッたりすればすぐにわかってしまうから書いてしまうけど、ライカのM10はお値段がお高い。カメラ本体だけで100万円ぐらいする。それにレンズをつけるわけだけど、おレンズもお中古だろうがすこぶるお高い。

さきに予防線をはっておくけど、ぼくの場合はカメラが仕事道具なのだ。病人の道楽で買っているわけじゃない。JRが電車を買うようなものだ。

日本メーカーなら20万円もあれば、それなりのカメラを購入することができる。

ライカはドイツ国内でドイツ人の職人が製造している。職人の人件費が高いことと金属をたくさん使用しているため製造原価が高くなってしまうのだ。

日本メーカーは人件費が安い国で製造をしたり（もちろん国内製造もある）プラスチック素材を使用していたりする。

多くの人が誤解をしているけど、１００万円だろうが20万円だろうが、値段が高いカメラを使ったからといっていい写真が撮れるわけじゃない。高いカメラは品質がいいだけであって、いい写真製造機ではない。日本のカメラだろうがドイツのカメラだろうが、金額が高かろうが安かろうが写真の良し悪しにはほぼ影響しない。

じゃあなんでわざわざ高いライカを購入したかというと、ライカは中古市場で値段が下がりにくい傾向があるからだ。いまから10年前に発売されたライカのＭ９は定価で80万円ぐらいだった。現在は中古市場で40万円以上する。

いまから８年前に30万円で発売されたニコンのＤ８００は、現在中古で６万円程度だ。ライカは流通量が少なく根強いファンがいることで値段が下がりにくい。ちなみにＤ８００って当時は革新的でめちゃくちゃいいカメラだったからね。

１００万円のライカM10が10年たっても50万円を下回るということは考えにくい。そしてライカは10年後でも使える設計になっている。たとえばＵＳＢのポートはない。日本のカメラだとだいたいマイクロＵＳＢのポートがついているが、10年後にはマイクロＵＳＢ自体がレアなものになっているだろう。現在のミニＵＳＢみたいなものだ。

日本のデジカメは買い換えることを想定していて、ライカは長く使うことを想定している。お前いつまで生きるんだよ？　ってツッコミが来そうだけど、もちろんぼくが使うことは想定していない。

息子が写真に興味を持ったときに、ライカを使えばいい。高校生とか大学生ぐらいになった息子が50万円以上するカメラを買えるかといえばちょっと難しい。というか学生が写真に興味をふんわり持ったぐらいでライカを買ってたらアホだろう。

学生にライカって確実に猫に小判なんだけど、写真に興味がなければ売ればいい。たぶん中古価格の半額程度で売れるはずだ。小判を現金にしてなにかの経験を買ったり、興味があることをしたりすればいい。

Mac修理

自宅にあるiMacが壊れてしまった。

画面が割れたとかそういうことではなく、ウンともスンともいわず、かわりにカタッ…カタッ…と不穏な音をいわせながら起動しなくなってしまった。セーフモードの起動方法も、OSのはいった外付けハードディスクからの起動もできない。とにかく完全にお手あげの状態だった。

購入してから1年ちょっと経っているので、無料修理期間はすぎている。Apple製品専用の保険AppleCare+もあるが、ぼくはAppleCare+には加入しない派だ。

修理に持ち込むと最大で8万円ぐらい修理費がかかり、修理期間も2週間ぐらいかかるとのことだった。ぐぬぅ、痛い。こういうときにAppleCare+に加入しておけばよかった……なんて後悔はしない。

いままでにiMacを2台、MacBookは6台ぐらい、Apple Watchは3本、iPhoneもたくさん買い替えてきた。そのすべてでAppleCare+に加入していたら、AppleCare+の費用だけできっと30万円以上かかっているだろう。

iPhoneのガラスが割れやすいiPhone4やiPhone5の時代でもAppleCare+には加入せずに他社の携行品保険に加入していた。携行品保険なら時計もカメラもMacBookもカバーしてくれていた。たしか月1000円で最大10万円まで補償されたので、AppleCare+よりも良かった記憶がある。

基本的にiMacが物理的以外に壊れるということはそんなにない。ぼくがiMacを修理にだしたのはこれが2回目だ。だから8万円の修理費なんてぜんぜん安い。見積書に動揺する自分にいいきかせながらiMacをあずけた。ここで後悔をすれば泣きっつらにハチ状態なのだ。わざわざ自分で自分を刺す必要はない。

その日の夕方にiMacの修理屋さんから電話がかかってきた。理由はよくわからないけど直りましたとのことだった。部品を交換したわけでもなく、ただ電源を入れたら起動したそうだ。

ひととおり検査もしたけど問題はなく、修理費用は今回はかからないとのことだった。

なんじゃそりゃと思いつつも、8万円が浮いたことにうかれてホッとしたけど理由もなく直ったのだ、きっとまた理由もなく壊れるだろう。この8万円を心に貯金して、次に壊れたときの修理代にしよう。

写真には撮らない景色

通院の日は憂鬱だ。朝から病院に行って病院をでるころには、夜めの夕方になっている。５〜６時間ぐらい点滴をうつので治療中に原稿を書いたり、映画を観ようと思うのだけどついつい寝てしまう。

抗がん剤の副作用であるアレルギー反応を抑える薬も点滴されるんだけど、おかげで坂を転がり落ちるように眠くなる。花粉症の薬で眠くなる状態と一緒だ。通院の日は寝てしまう。

治療をはじめたばかりのころはすんなりと入っていた点滴の針も、いまでは血管に入れるのを苦戦する。刺すまえに失敗しないようにと緊張をしているのが看護師さんから伝わる。もしかしたらウエストと反比例して、だんだんと血管が細くなってきたのかもしれないし、もう血管もボロボロになってるかもしれない。通院の日の朝はため息がでる。

病院に行こうと玄関で靴をはいていると、妻と息子が応援してくれた。たけのこがのびるような感じの手の振りと、足をバタバタさせる変な踊りと歌と笑顔で「がんばれっがんばれっ」と応援してくれた。

笑ってしまった。写真をたくさん撮ろうかと思ったけどこういうものは写真に撮るのではなく、目に焼き付けておいたほうがいい。きっとぼくが死にそうなときに見る景色はこれだ。

いままでに一度だけ幻覚を見たことがある。幻覚というよりは目を閉じると浮かんでくるJ-POP的な景色なのかもしれない。腫瘍が骨を溶かす痛みで気を失いそうになっているときに、まだ1歳だった息子がアーアーといいながら顔をペチペチと叩いて応援してくれた。そのときの景色も日常のどこかで見たものだった。

幻覚だろうがJ-POP的な景色を見ようが、それで痛みが消えるわけじゃない。でも極限状態のような苦しいときに、息子が応援をしてくれたことで正気を保つことができたのは事実だ。あまりにもつらい痛みだったけど、心は折れなかった。

もしかしたら幻覚でもJ-POP的な景色でもなく、走馬灯というものなのかもしれないけど、死にそうなときに妻子の変な踊りと歌で思い出し笑いをしちゃったらどうしよう。

でもそれはきっと、とてもしあわせなことなんだと思う。

ワイパーとウインカー

妻が国産車、ぼくは外車を運転している。外車っていうとセレブリティっぽく聞こえるけど、その国に行けば国産車になって、日本車が外車になる。

土地代の安い八王子に住んでいるから2台所有することが可能だし、駅からちょっと離れたところに住んでいるので、車が一人1台ないと不便でもある。つまり八王子は田舎なのだ。

ワイパーやウインカーを操作するレバーが国産車と外車では逆なので、妻の車を運転するときについウインカーをだそうとしてワイパーがウイーンと動いてしまう。

細かい砂埃がのっているのにフロントガラスが乾いた状態でワイパーを動かすのはあまりよくないだろうけど、かなりの確率で間違えてしまう。

片側一車線の道を運転しているときに、対向車が右折してコンビニに入ろうとしていた。

コンビニに入りたい右折車のために対向車線はすこし混んでいた。右折車のすぐうしろには路線バスがいる。ぼくは道をゆずろうと停止してパッシングで合図した。

シャパ――――、ウイ――ン、ウイ――ン、ウイ――ン。フロントガラスにウォッシャー液が流れて、勢いよくワイパーが拭きとっている。間違えた、逆だ。

右折待ちのドライバーはポカンとしてる。そりゃそうだ。路線バスの運転士さんは笑っている。路線バスの運転士さんはぼくが間違えたことに気づいているのだ。

別の日に高速道路を運転していて、カナブンなのかトンボなのかわからないけど、フロントガラスにいきおいよく虫があたりつぶれてしまった。

うへぇ……と思いながらも虫の死骸が乾いて落ちにくくなる前にウォッシャー液をだしてワイパーを作動させようとしたら、ピカピカッとハイビームが作動してしまった。しまった、逆だ。

これはヤバい。下手すりゃトラブルになる。なんで国産車と外車ってワイパーとウインカーが逆なんだろう。

鰻の美味しい食べ方

土用の丑の日だったので、スーパーで鰻を買った。中国産の鰻が一尾１９８０円で国産の鰻が２９８０円だった。

正直なところ国産と中国産の味の違いがぼくにはわからない。養殖鰻ばかり食べ慣れているので、天然よりも養殖の方が好きだったりする。

それよりも鰻は炭火かガスなのか、焼き方のほうが違いがでるように感じる。ぼくは三河地方で食べる鰻がいちばん好きだ。

鰻コーナーでどれにしようか悩んでいると「これ、かならず水道水で一度洗ってタレを落としてください。それから水を拭きとって酒をぬって魚焼きグリルですこし焼いてください。あとは市販のタレをかければ、美味しくなりますよ」とおじさんからアドバイスされた。

なにこのおっさん!?　ここはアメリカのスーパーか？　とおもわずビビっていたら「さいしょについてるタレはねぇ、色づきをよく見せるためと、焼きを誤魔化すためと、保存料なんだよ」とつづけてアドバイスしてくる。

鰻うんちくに感心していると、おじさんは最後に「いつもツイッター見てますよ、応援してます」と声をかけてくれた。あぁ、そうなんだ。ありがたい。

街中で声をかけられることがたまにある。最初は知らない人に声をかけられると、どっかで会った人だっけ？　と戸惑うこともあったけど、そういうことにもだんだんと慣れてきた。

だんだんと慣れすぎて、ホテルでチェックインするときにフロントの人に「こちらにサインをお願いします」といわれて、書籍にサインしまくった直後だと「お名前は？」と聞き返してしまったこともある。フロントの人は「は？」という顔をしていた。やはり慣れすぎるのはよくない。

おじさんのアドバイスどおりに、鰻のタレを水で落として、酒をかけてからグリルで焼いて市販のタレをかけた。たしかに美味しくなった。というかかなり美味しくなった。

おじさんありがとう。またスーパーでみかけたら声かけてね。

ぬるいウーロン茶

回転寿司屋さんに家族で行った。息子が食べるのはいつも甘エビと玉子といくらだ。妻はとびこをよく食べる。とびこだけで3皿ぐらい注文するので妻の前世はトビウオなんじゃないかと疑っている。

ぼくは瓶のウーロン茶を注文した。まずは飲み物だ。粉末緑茶と熱湯の組み合わせは、ぼくの口にあわない。味の問題じゃなく温度が問題だ。ぼくは猫舌なのだ。息子も瓶ウーロン茶をのみたいといいだしたので、2本オーダーした。従業員さんが栓のあいた瓶ウーロン茶と、氷のはいったグラスを2セットもってきてくれた。プラスチックではない大人用のグラスを持ってきてくれたことに息子はよろこんでいる。

キンキンに冷えているのだろう、瓶の表面に水滴がついてシズル感たっぷりだ。ぼくは瓶コーラや瓶ビールや瓶コーヒー牛乳が好きだ。缶よりもペットボトルよりも紙パックよりも瓶が好きだ。なにより猫舌にやさしい。


グラスをつかわずに瓶から直接ゴクッとのむ。瓶は瓶でのむからいいのだ。それを見た息子もグラスをつかわずにゴクッとのんだ。

息子は満足そうだ。大人とおなじことができたのだ。息子のちいさな成長の瞬間であり、親のたのしさの瞬間でもある。

ただ、ぼくは不満だった。ウーロン茶がぬるかったからだ。ぬるかったというより常温なんだけど、瓶がキンキンに冷えてるのに中身のウーロン茶が常温っておかしい。


一瞬で悟ったけど、冷やした空き瓶にペットボトルウーロン茶をうつして提供してやがる。猫舌を舐めやがって。猫舌は冷たさには強いんだ。

瓶はリターナブルで再利用されることが前提だけど、それは製造業がやることで飲食業がやることじゃない。

ユーチューバーみたいにウーロン茶を50本注文して、ワインやシャンパンのようにあいた栓を記念にくださいなんてことを要求して追及する気はない。

インドを一人旅しているときにペットボトルの水をのもうとしたら、キャップに違和感があった。よく見るとキャップに接着剤がついていた。空きペットボトルに水道水をつめたのだろう。暑いインドの冷えた瓶コーラは安全で、とても美味しかった。

いろんなことが頭にうかんだ。目の前には満足そうな息子がいる。ポーカーフェイスで思考をめぐらせる。息子の目にぼくはどううつってるのだろうか？瓶ウーロン茶をのんで渋い顔をしているように見えるのだろうか？　違うんだ、お父さんはちょっとムカついているんだ。

ぼくだって大人だから、大人の事情は知っているつもりだ。２ℓ１００円のペットボトルウーロン茶を空き瓶につめたほうが利益はでる。ただせめてバレないようにペットボトルウーロン茶を空き瓶と一緒に冷やしてくれ。ぼったくりだとか食品偽装だなんてことはいわない。

それにしてもご時世でずいぶんリスクが高い利益のとりかたをしている。回転寿司の瓶ウーロン茶の売り上げなんてたかがしれてる。これが炎上して株価が下がったらとんでもない損失だ。とてもハイリスクでローリターンな気がする。というかぼくはこの情報をもとに炎上を誘引して、株で儲けることすらできるじゃないか。上場してるのか知らんけど。

いろんなことが頭をめぐったけど、ぬるいウーロン茶をポーカーフェイスでゴクッとのみこんだ。美味しくない。ぼくにとってもちいさな成長の瞬間だったのかもしれない。

お寿司屋さんへ

古賀史健さんに美味しいお寿司屋さんに連れていってもらった。久しぶりに古賀さんと会えたのが嬉しくて、たくさんいろんなことをしゃべったのだけど、出されたお寿司を食べるたびに会話が止まる。

お寿司の美味しさにおもわず唸ってしまうのだ。そして直前まで会話していた話の内容が、みごとに飛んでしまう。これは日本酒のせいもあるかもしれないけど、美味しいお寿司と日本酒の組み合わせは恐ろしい。

寿司をゴックンしたあとの会話の内容が寿司のことになる。いま何を食べたのか知りたいのだ。もちろん大将は「これはサーモンです」と食べる前に説明してくれている。しかしこちらからすれば「いまのが……サーモンなんですか⁇」とこれまでの人生経験と合致しないので会話が飛ぶのだ。

まるで美術館で現代美術の作品をみているときのような気分になる。美味しいを通り越して、おもしろいという感覚になる。会話をするには不向きなほど、とても美味しすぎるお寿司屋さんだ。

大将は40歳ぐらいだろうか、ぼくとそんなに年齢は変わらなそうだ。ぼくは自分と同年代ですごい人を目の当たりにすると、自分の不甲斐なさのようなものを感じてちょっと凹んでしまう。

同時に自分が寿司職人じゃないことに安心した。もしも自分が寿司職人だったらきっともっともっと凹んでいただろう。

自分と土俵が違うからこそ安心して美味しいお寿司を食べて、会話の記憶を飛ばすことができるのだ。世の中にはいろんな技術をもった人たちがいるから社会が成り立っている。

世の人がみんな寿司職人や写真家では社会は成り立たない。ラーメンだって食べたいし、マンガだって読みたい。そうやっていろんな技術をもった人がいるから、寿司職人や写真家も生活できるのだ。

自分の不甲斐なさにちょっと凹んだ感情は最終的に、いろんな人を尊敬して感謝をするいつもの着地点に到着する。


ぼくはアジが大好きだ。アジを注文するとアジは夏が旬だからいまの時期はまだおすすめはしないと大将にいわれた。でもぼくは旬ではない時期のアジを、大将ならどんな美術品に仕上げてくれるのか知りたい。

「この時期のアジは味が落ちているんですよ」といいながら大将は握っている。おや？　大将みたいな尊敬に値する仕事をしている人でも親父ギャグをいうんだ。急に親近感が湧いてきた。同年代の親父ギャグほど胸が躍るものはない。親父ギャグは葉巻やウイスキーと並ぶぐらいの数少ない大人の嗜みだ。

「アジだけにね」

ぼくは尊敬の念を込めて大将にツッコミをいれた。関西の否定をするツッコミではなく関東の肯定をするツッコミだ。うどんのダシと一緒でツッコミだって関西と関東で違う。関西風ツッコミが主流かもしれないし、関西の人には関東風ツッコミなど物足りないだろうけど、ぼくは関東風のツッコミのほうが繊細だと思う。

丁寧で繊細なツッコミをいれたけど大将は黙っている。クスリとも笑わない。アジと味をかけたのはどうも親父ギャグじゃないぞ。意図せずに偶発的に発生した〝うっかり親父ギャグ〟だったようだ。

ぼくがくだらないツッコミをいれたことでちょっと気分を害したんじゃないだろうか。ぼくが古賀さんの連れじゃなかったら出禁になってもおかしくないんじゃないかな。うっかり親父ギャグも含めて大好きになったお寿司屋さんだ。

買うか、借りるか

息子は今年、七五三をする。そもそも七五三でやることってなんぞやとグググッとググッてみると「神社への参拝、家族での食事、写真スタジオなどでの記念撮影」とある。

参拝は妻が巫女をしていた神社に行こう。お宮参りも妻の元職場だった。写真はぼくが撮ればいい。浮いた写真代で食事はちょっといいお店に行こう。

さて、息子の服はどうしよう。どう考えてもお参りの日と写真を撮る日ぐらいしか袖を通さないのだからレンタルでいい。

レンタル業者をグググッとググッてみると、レンタル料金はだいたい2万円が相場のようだ。じゃあ購入するといくらなんだろう？　とまたググッとググッてみると、上を見ればキリがなさそうだけど、相場は2万円というところだ。

ふと結婚式でウエディングドレスを選んだ日のことを思い出した。ウエディングドレスは4時間ぐらいしか着ない。式場で用意されているウエディングドレスのレンタル料は30万円だった。けっこうお高い。このドレスを購入したらいくらなんですか？　と質問すると、プランナーさんはその質問はせんでくれという、バツの悪そうな顔をしながら「購入しても……30万円です」と答えてくれた。ブライダル業界ではこれが常識なんだろう。

30万円の予算があったらバーバリーのトレンチコートが買える。バーバリーのトレンチコートなら20年は着られるし、売ることだってできる。

20万円のカメラを1日レンタルするとだいたい5000円、200万円の車を1日レンタルすれば1万円ぐらいがレンタル料金の相場だ。ぼくは人生で車とカメラとDVDしかレンタルしたことがなかったので、ブライダル業界の常識に驚いた。

もちろん繊細なドレスが堅牢につくられてる車やカメラと違うのは重々承知だ。でも販売金額とレンタル料金がまったく一緒ってさすがにどないやねん？　減価償却はどうなってるんだ。ウエディングドレスのレンタル専門業者の相場が2〜3万円ぐらいであることを考えると、式場のこの価格設定は適正とは思えなかった。

プランナーの目の前にいる新郎と新婦はリピート客にはなりようがないのだ。離婚して再婚して、もしもまた結婚式をあげるにしても、普通に考えたらおなじ式場は利用しないだろう。気まずさがマックスだ。

七五三の服も購入金額とレンタル金額がほとんどおなじなら、購入をして写真を撮ったりお参りしたあとに、来年の9月ごろにメルカリで売ったほうがいいじゃないかという結論に落ち着いた。

そのほうがレンタルで余計な神経を使わなくてすみそうだ。なにせ着るのは5歳の男子だ。

さっそく妻が注文をして自宅に服が届いた。息子はよろこんでいる。ちょっと早い気もするけど、桜の季節に七五三の写真を撮りたい。たのしみだ。

脱線のおもしろさ

春分の日に妻がお墓参りに行ってきた。ぼくは日本の祝日にとても疎い。それでも息子に祝日がなんの日なのか、説明をできるようにしなければと勉強をはじめた。どうやら春分の日をはさんだ前後3日間が春のお彼岸なのだそうで、秋分の日をはさんだ前後3日間が秋のお彼岸なんだそうだ。

お彼岸は日本独自の文化で、他の仏教国ではないそうだ。北半球では夏至は昼の時間が1年でいちばん長く、冬至は1年でいちばん夜の時間が長い日だ。春分と秋分の日は昼と夜の時間がだいたい同じで、夏至と冬至のそれぞれ中間あたりにある祝日ということらしい。ありがとうGoogleさん。

ぼくは会社員じゃないからサザエさんの放送日以外は土曜日も祝日もあまり気にしない。サザエさんを見て翌日のことで気分が落ち込むこともないのだけど、春分と秋分を祝日にするなら、夏至と冬至も祝日にしたら？　と思ってしまう。なんなら8月のお盆のように春のお彼岸と秋のお彼岸をそれぞれ1週間ずつの大型連休にしたらいいんじゃないか？　正社員の人は海外と比べても勤務時間が長いのだから、年に14日休日が増えるのはいいんじゃないかと思う。

経済効果や恩恵はあっても、非正規雇用の人は給料が減ったり、もしくは休日出勤のために休みにくくなって不公平感もあるんだろうな。

春分の日のことを勉強していたら、いつの間にか日本人の労働時間のことを調べていた。これが勉強のおもしろさだ。脱線が許される勉強というのは本当にたのしい。そして脱線ついでにうっすらとしか知らない旧暦のことも勉強をした。

旧暦は月の満ち欠けで1ヶ月を計算するものだ。月が見えなくなる新月がその月の始まりの一日(ついたち)になる。新月から3日たつと細い月になり、三日月になるそうだ。三日月の日はつまり三日(みっか)ということだ。

そして日が経つにつれて月が大きくなり、15日目に満月になる。これが十五夜だそうだ。おもしろい。もっとこういうことを子どものときに勉強しておけばよかった。いや、きっと教えてくれた人がいたのだろうけど、きっとぼくに興味がなかったんだろうな。好奇心というのは大人になってから湧き上がるものだ。

そして月は1年に4㎝ほど地球から遠ざかっているそうだ。恐竜がいた時代は月がいまよりも大きく見えたのかもしれない。恐竜が地上に現れるもっともっと前の時代は、月はより大きかったのだろう。そのときは満ち潮も引き潮も激しそうだし、満月の夜は現代よりも明るそうだ。

現代の地球で月と太陽はだいたいおなじ大きさに見えるけど、実際には太陽の方が圧倒的に大きい。結構な偶然なタイミングで月と太陽を同時に見ているけど、そういう偶然がまたおもしろい。そして勉強ってほんとおもしろい。ありがとうGoogleさん。

大人にならなければ気づかなかった

鳥山明さんの『ドラゴンボール』が大好きで、いまでもよくKindleで読んでいる。ラディッツ戦やベジータとナッパ戦も好きなんだけど、いちばん好きなのはナメック星編だ。ナメック星の世界観、悟飯やクリリンの優しさ、ベジータの頭の良さ、フリーザ軍団の怖さなどとにかく全部がおもしろい。子どものころからおじさんになったいまでもずっとナメック星編が大好きだ。

地方にある定食屋さんなんかで『ドラゴンボール』が置いてあったりすると、いつもナメック星編を読んでしまう。それぐらい好きなのだ。昨日もiPadでナメック星編を読んでいたのだけどギニュー特戦隊のことで、あることに気づいた（全然知らない人はごめん)。

ギニュー特戦隊の隊長はギニューだ。だってギニュー特戦隊だもん。宇宙の精鋭を集めた5人の精鋭部隊でフリーザからの信頼も厚く、ギニュー特戦隊もフリーザを慕っている。

フリーザからすれば部下はもちろん、ギニュー特戦隊でさえ雑魚のようなものだ。だってフリーザの戦闘力53万、ギニュー隊長の戦闘力は12万だ。

それでもフリーザは部下に敬語を使い、的確な指示も出す。フリーザは強くて悪い敵だけど、部下にとっては案外いい上司なのだろう。

もともと他の惑星を襲うという悪の集団なので、めちゃくちゃ強い自分一人がいても任務の遂行は困難で、戦闘力が２０００ぐらいの味方がたくさん必要だったりするのだろう。フリーザには惑星を消し去る力はあっても、惑星を占領する力はないのだ。

それでいてフリーザの圧倒的な戦闘能力から部下の謀反はおきにくい。よくできた集団だと感じてしまう。もちろん悪の集団なんだけど、フリーザには一種の育ちの良さみたいなものがある。それでいて謙虚なところもあるので、味方である以上はいい上司なのだろう。

『ドラゴンボール』の登場人物はなにかの名前をモジっていることが多い。ラディッツはラディッシュ、ベジータはベジタブル、ナッパは菜っぱとサイヤ人は野菜の名前だ。ドドリアはドリアンでザーボンはザボンと果物の名前だ。

ギニュー特戦隊は隊長のギニューが牛乳、グルドがヨーグルト、リクームはクリーム、バータはバターと乳製品でしばっている。ジースというイケメンがいるが、ぼくはジースのことをずっとジュースだと思っていた。ギニュー特戦隊の中ではやたらとイケメンだし、作品の中でも他の隊員と扱いがちょっと違う。

ジースだけが乳製品しばりではないとずっと子どものころから疑問だったけど、ジースはチーズだ。ジュースというのは勘違いだ。単行本23巻の初版が１９９０年なのでもう30年前の作品になる、ぼくは30年ずっと勘違いしていた。これみんな知ってたのかな。

　白ワインとチーズを食べながら『ドラゴンボール』を読んでいたから気づいた。気づきかたがちょっと大人だ。大人にならなければ気づかなかったのかもしれない。
　なにかの悟りでも開いたかのように「そういうことかぁ、あーそうだったのね」とひとりごとをぶつぶついいながら、30年の勘違いにすこし興奮もしていた。もしもだれかと一緒だったら、お酒のせいもあってめちゃくちゃめんどくさい人間だっただろうな。

覚悟はしていたけれど

1年ぐらい前にミニクーパーのオープンカーを買った。外車のオープンカーといえば聞こえがいいかもしれないけど、中古で購入したので新車の軽自動車よりも安かった。それなりに程度はよかったものの、中古外車ほど怖いものはない。ほぼ確実に故障するうえに、修理代はとても高い。

ここ数日エンジンをかけると異音がする。メーター内の警告灯は表示されないものの、あきらかに異常ですよという音がする。ディーラーに持ち込むと、エンジンオイルが1ℓほど減っている状態だった。オイル漏れなら3万円ぐらいで直るといいなぁと呑気に考えていると、事態は深刻だった。

　エンジンが壊れていて２stのバイクのように、マフラーからエンジンオイルが噴出しているとのことだった。なにそれ。担当者さんが心苦しそうに持ってきた、修理の見積もりの合計金額は55万円だった。なにそれ。

　見積もりの内訳を確認すると、部品代が25万円で工賃も25万円。あとの５万円は消費税だった。高いよ消費税。さすがに10％は高いって。55万円でカメラやパソコンを購入するということなら、それで仕事をすればいいわけだけど、車の修理代で55万円はとても痛い。

　55万円で修理をしても、これから他の箇所も壊れるだろうことを考えると、手放すことも視野にはいる。修理をするにしても手放すにしても、どちらにしても損失なわけだから妻にとてもいいにくい。

　ほぼ故障するであろうことと、修理代の高さは購入するときに覚悟はしていたけど、本当にやってくるとなかなかしんどい。そして覚悟していた金額よりもデカい。ただ覚悟をしていたので、故障したときに修理代を負担してくれる保険を購入時にかけておいた。

保険料は高かったけど、中古外車のリスクを考えて加入していた。修理代の一部でも出ればいいかと淡い期待をこめて、保険会社に審査をしてもらった。結果としては55万円全額の修理代を保険で負担してもらえることになった。

保険会社の担当者さんにお礼を伝えていると、そろそろ保険が切れるということで継続の案内もされたので、これまで加入していたプランよりもひとつ高いプランで契約をした。

きっと高いプランで継続したほうが担当者さんも喜ばしいのだろうし、きっとこちらもまた壊れる可能性が高いから、保険の守備範囲を広げておきたい。

ドイツ本国から送られる修理部品を待たないといけないから、修理が完了するのはまだすこし先だけど、修理代の負担がないだけで気楽なものだ。薄々と気づいていたけど覚悟なんて、いざ本当にその状況になってみないとわからないものだ。根拠のない覚悟をするぐらいなら、保険の方がいいものだ。

主治医との雑談

月に一度、大学病院に通って治療をしている。血液検査をして医師と一緒に数値とにらめっこをして、風邪などをひいていなければ抗がん剤の点滴をする。朝早く病院に行って、会計をするころは夕方になる。

長時間病院に滞在するけど、主治医と会話をする時間は10分程度しかなく、会話の量は圧倒的に看護師さんが多い。この時間の短さが医師と患者とのコミュニケーションの難しいところでもある。

主治医も看護師さんも味方であってくれるけど、患者目線で見れば医師と看護師では味方の質が違うのだ。看護師さんは応援やサポートのような味方だけど、医師は二人三脚のパートナーのような存在だ。医師とは目的地を合わせた上で、息も合わせなければ大変なことになる。

目的地を決めるのも、息を合わせるために声を出すのも患者の役割だ。ここでしっかりと患者が声を出さなければ、家族が目的地を決めようとして大変なことになる。

ぼくは診察室であまり病気や治療の話はしない。わりと雑談をしている。医師に限らず誰かとコミュニケーションをとろうとしたら、雑談が一番有効だと思っているからだ。治療を始めた当初は、お互いはじめましての状態なのでギクシャクもするけど、いまでは雑談のおかげなのか息を合わせて笑うような関係になっている。

つい先月も、主治医が本を読んでいたら「写真家の幡野広志さんに憧れて写真をはじめた」という一文が出てきて驚いたという話をされた。その本の存在をぼくは全然知らなくて二人で笑っていたのだけど、笑い終えたあとにお礼を伝えた。

よくよく考えてみればがんという病気になっても、誰かに憧れられるぐらい仕事ができているわけだ。これは患者の頑張りだけではどうにもならない医療のおかげだ。そしていくつかある医療の手段から、ぼくの希望や環境を考えて治療を提供してくれる主治医のおかげだ。

ぼくだけが頑張っているわけじゃなく、二人三脚のパートナーである主治医のおかげだろう。主治医にお礼を伝えると、しんみりとした空気になってしまった。しんみりとした空気よりも、笑い合える空気のほうが合っているような気がする。

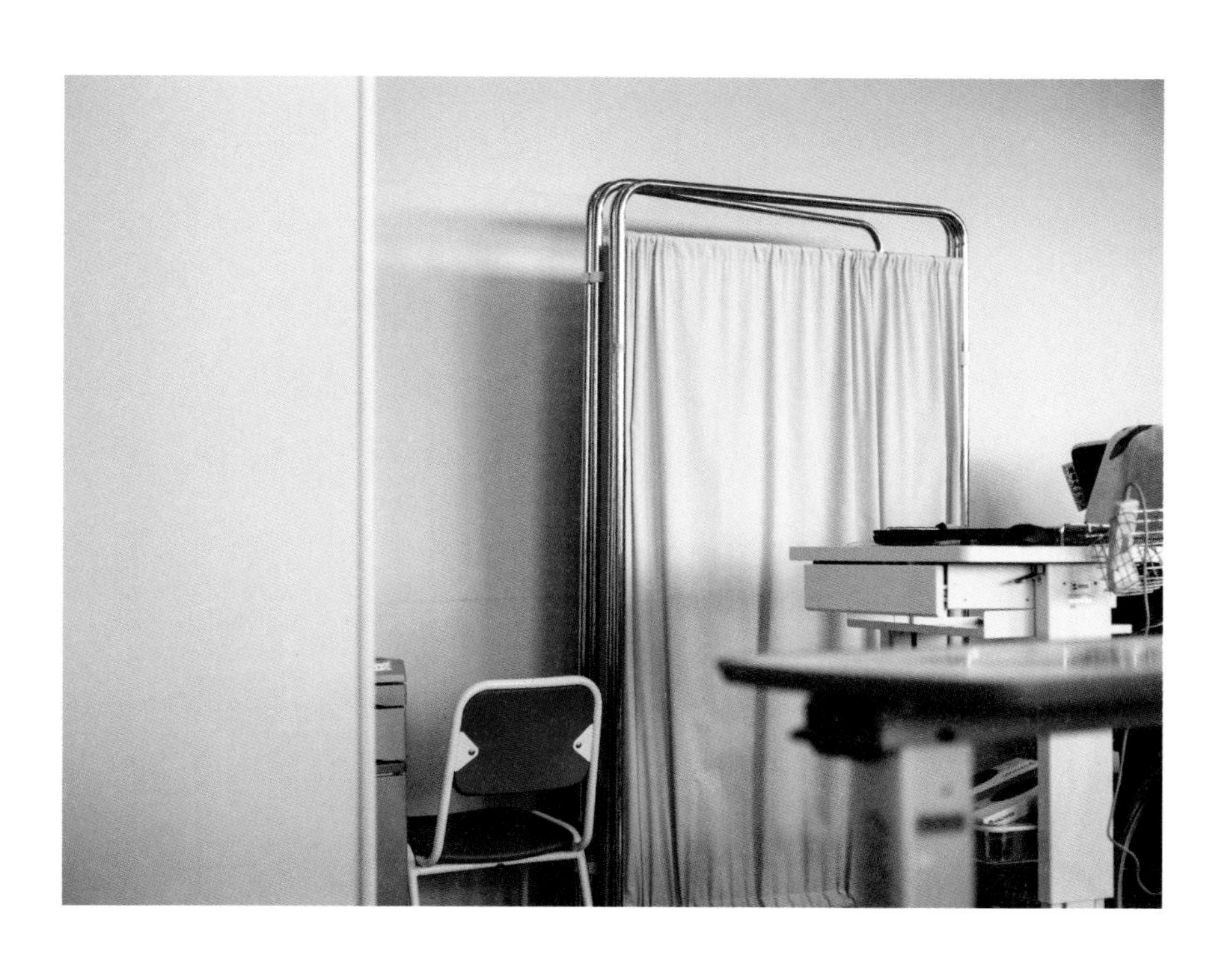

節分の豆の価値とは

小学校3年生の節分の日に、一人9粒の豆がクラス全員に配られた。節分の豆があまり好きではないのでぼくはうれしくなかった。小学44年生ぐらいになったいまでは、塩茹でした落花生や枝豆は居酒屋で注文するほど豆が好きだ。だけど柿ピーのピーはあまり好きじゃない。

当時は『ドラゴンボール』が大流行していたので、節分の豆は仙豆となり男子たちの貴重なアイテムになった。仙豆というのはどんなに死にかけのダメージでも食べれば完全回復する魔法の豆のことだ。

お昼休みにドラゴンボールごっこをする。ダメージをうけても仙豆を食べると回復ができるので、豆をすぐに食べてしまった男子は回復のできないザコ扱いになってしまう。豆を保有している男子が優位になった。節分の豆の保有数によってヒエラルキーが発生したのだ。

みんなが2粒とか3粒で競っているときに、ぼくは豆が好きじゃないから9粒フルで保有していた。くだらない出来事だけど、9粒フルで保有していて、しかもその9粒に価値を感じていないから〝くだらない〟と一蹴できたのだろう。

豆を保有しておらず、ザコ扱いされている子にとってはくだらない事ではない。豆を保有していない友達がぼくに豆を分けてほしいとお願いしてきた。ぼくは友達が持っていた練り消しと、豆3粒を同じぐらいの質量で交換することを持ちかけて、交渉が成立した。

その様子を見ていた別の友達が、シャーペンの芯と豆の交換を打診してきた。シャーペンの芯はそんなにほしくなかったので断った。すると友達は黒色のシャーペンの芯ではなく、赤色のシャーペンの芯ならどうだ？　と交渉してきた。

赤色のシャーペンの芯はめずらしかったので、交渉が成立して豆3粒と交換した。そうやって交換していく様子が気に食わなかったのだろう、クラスのジャイアンみたいなやつがぼくの保有する最後の3粒の豆をよこせと脅してきた。

暴力団のような理不尽な要求だけど、ぼくはすんなり3粒の豆を渡した。ジャイアンに殴られるのが嫌だったからだ。殴られてから奪われるぐらいなら、差し出してしまったほうがマシだ。これは海外旅行でも通用する防衛手段だ。

それに豆の価値は今日のお昼休みまでしかもたず、明日は豆の価値が暴落すると踏んでいた。もしかしたらジャイアンに奪われる悔しさを、自分の中で納得させるためにそう考えたのかもしれない。

予想通りお昼休みが終わると豆の価値は、もともとの節分の豆に戻った。家に帰れば豆がある。結果としては練り消しと、赤色のシャーペンの芯が残り、ジャイアンに殴られずに済んだ。

節分の豆で物々交換する原始的な経済が小学校3年生のクラスで生まれたのだ。節分で豆を食べる意味や、豆本来の価値とは違う付加価値なのでバブル経済ともい

える。豆の価値が暴落せず、金や銀のように信用を獲得すれば豆が通貨の代わりになってもおかしくない。

大人になったいま振り返ってもおもしろい出来事だった。ちなみにジャイアンは高校生のときに脅迫と傷害で警察に逮捕されたと風のウワサで聞いた。

3・11の気仙沼

今年の3月10日に東日本大震災でたくさんの方が津波で亡くなった砂浜を訪れた。行方不明者の手がかりを捜索する警官隊や、取材をするマスコミ関係者、喪服を着たご遺族らしき方もいる。この日はとても風が強い日だったので、細かい砂が巻きあげられて目を開けていられないほどだった。それでもたくさんの人が海の先を無言で見つめていた。

浜に大きな慰霊碑があった。慰霊碑にはたくさんの名前と年齢が刻まれている。自分の妻とそう変わらない年齢の女性の名前の隣には、おなじ姓の4歳と2歳の子どもの名前が刻まれていた。

慰霊碑には全体的にうっすらと風で巻きあげられた細かい砂が積もっている。だけど女性とお子さんの名前のところは砂が積もってはいなかった。きっとご遺族の方が刻まれた名前を指でなぞったのだろう。寝ている子どものあたまを撫でるように、慰霊碑の名前を撫でたのだろう。おなじように砂の積もっていない名前がいくつもある。

翌日の3月11日は気仙沼を訪れた。昨日の強風はおさまって、よく晴れた春のような日差しだった。この日はたくさんの人の命日でもある。じゃあ街がお通夜のように暗い雰囲気かといえばそんなことはない。

商店や喫茶店は人で溢れて、大型連休の初日のような雰囲気だ。スーパーの駐車場にある焼鳥屋さんの店主に話を聞くと「今日はすごい売れてる」と教えてくれた。

気仙沼でお世話になっている方のお宅を訪れると、お正月の挨拶のように近所の人が訪ねてくる。みんなで会話をしたあとに海で一緒に黙禱をした。「私たちも笑顔になっちゃいけないって思ってたんだけど、そうじゃなくて明るく生きたいんだよね」といっていた。
現地を訪れないと吸えない空気がある。いつか妻と息子を連れていってあげよう。

羽釜

3合炊きの羽釜を買った。間違いなく2021年に購入したものでいちばんいい買い物だった。食洗機とドラム式洗濯機とルンバ、令和の三種の神器に匹敵するぐらい、羽釜はいい買い物だった。

ご飯が美味しすぎて食事のたびに妻と息子は笑顔になる。ご飯を食べる前に息子は「飛ばしていくぜぇー!!」とわけのわからないことをカッコ良くいう。米で飛んだらお父さんは心配だ。

比較のために美味しく炊けると名高い土鍋も買ったけど、羽釜は金属なので落としても割れる心配がなく軽くて扱いやすい。ご飯の味はどちらも素晴らしく美味しかったので、羽釜に軍配が上がった。土鍋と羽釜の両方を購入しても、いままで使っていた炊飯器一台よりも安い。

羽釜を買ってから炊飯器のスイッチは一度も押していない。たぶんこれからもお米を炊くために押すことはない。カレーやシチューの煮込み用や低温調理器として生きていく予定だ。

ポッと出の羽釜通の考察だけど、いくら羽釜風の炊飯器だろうと熱源が電気である炊飯器は羽釜には勝てない。電気熱とガス火では熱量に圧倒的な差がある。羽釜でも土鍋でもル・クルーゼでも飯盒でも、蓋がしっかり閉まる鍋なら火力の差で炊飯器よりもたぶん美味しく炊ける。電気熱に限界があるのだ。

羽釜にして意外にも食費が下がった。いままでは家族3人分のおかずを作っていたけど、いままでは子どもが食べるおかず＋αを作るだけになった。肉であれば一食あたり300gぐらい減ったことになる。

お米が美味しいからお味噌汁や漬物があればおかずが必要ではなくなってしまっ

たのだ。江戸時代みたいな食生活だけど、夜に3合のお米を炊いて、あまったご飯は翌朝お茶漬けにしている。

妻と結婚して10年、息子が生まれて5年、羽釜をもっと早く買っておくべきだった。お米を主食とする日本人の義務教育で教えてほしいぐらいだ。いや小学校で飯盒炊飯してるから、義務教育でしっかり習ってるわ。

キャンプ場で食べる飯盒炊飯が美味しいのは思い出補正や場所補正だと思ってたけど、あれ自宅で食べても間違いなく美味いぞ。飯盒も買ってみようかな。

今夜も羽釜でご飯を炊く。息子がごちそうさまをしたときに、ぼくが「今日も飛ばしたねー」と声をかけると「今日もごはんおいしかったー」とコール&レスポンスしてくれる。それがたのしくて美味しいごはんを作りたくなる。

笑顔のおじいちゃん

妻のおじいちゃんが老衰で亡くなった。いつも誰かのことを気にかけているおじいちゃんで、ぼくが病気になったとき、一緒に泣いてくれた人だった。

ぼくはおじいちゃんから戦時中の話をきくのが好きだった。B29爆撃機が襲来した八王子空襲や、空襲の数日後には汽車が戦闘機から銃撃をうけたことや、巨大な地下壕でたくさんの人が働いていたことなど、いろんなことを教えてくれた。

おじいちゃんは相続のことはもちろん、棺にいれるモノ一式までカゴにまとめていた。「おれはいつ死んでもいいんだ」それが口ぐせだったけど、遺影写真は用意していなかった。

おじいちゃんの家に遊びにいった帰りに、ぼくが撮影した玄関先で手をふって見送っているナイスな笑顔の写真を遺影に使わせてほしいと妻にお願いされた。ナイスな笑顔が上手に切り取られてスーツ姿に合成されていた。若い人は顔を盛り、老人は服を盛りたいのだろう。

スーツになった写真とは別に、切り取られていない写真も家族に渡した。写真家として思うことだけど、その方がおじいちゃんの人柄を知る人にはきっといい。

葬儀に参列して納骨まで見届けた息子が「おじいちゃん、しんじゃっていなくなっちゃったね」とさびしそうにいった。5歳の息子の言葉におもわずドキッとして言葉につまる。なんて答えよう。

うちは特定の信仰はないうえに、宗教のこともちゃんと勉強していないので、どう答えていいかわからない。どう答えようか迷う。キリスト教的に天国にいるとか、お空から見守ってるだとか、仏教的に生まれ変わっているだとか、お盆のときに帰ってくるから虫を殺しちゃいけないだとか、いったいどう声を掛ければいいんだろう。

おじいちゃんは息子の世界でいちばんの長老であり、息子自身にもお母さんとお父さんにも良くしてくれた、大好きな人なのだ。息子が大人になるころには、もしかしたらおじいちゃんの記憶は薄れているかもしれない。

でも6歳や7歳や8歳のころはきっと覚えているだろう。息子はひ孫であり遺族である。息子にもグリーフケアは必要だ。「こうやっておじいちゃんのことを思い出して、一緒におじいちゃんの話をしようね」と答えた。

妻とぼくはおじいちゃんの葬式がすんだあとに、二人でおじいちゃんの話をした。そして一緒に泣いた。すこしだけ悲しみが和らいで心が軽くなった。

死ぬということがどういうことか、それを最初に息子に教えてくれたのはおじいちゃんだった。あたまが上がらない、そんな気持ちばかりだ。うちではいつも笑顔のおじいちゃんが生きている。

東京タワー

東京タワーにのぼったのはこれが2回目だ。あまりのぼらないけど世界中のどのタワーよりも東京タワーが好きだ。デザインと色が最高すぎる。ぼくは39年物の東京産だけど、東京観光にくる人には東京タワーと高円寺の焼鳥屋と、上野の東京国立博物館の3点セットをよくおすすめしている。

首都高の芝公園付近を運転しているときや、六本木周辺の道で迷っているとき急に東京タワーが見えるとテンションがあがる。今回は家族を乗せて運転しているとき、東京タワーの近くを通ったのであがったテンションの勢いでのぼることにした。

東京タワーにはあまりのぼらないけど、名古屋テレビ塔もさっぽろテレビ塔も、京都タワーも通天閣も2回以上のぼっている。台湾の台北101も香港のスカイ100香港展望台にものぼってる。旅先の高いところには吸い込まれるようにのぼっている。写真家と煙は高いところが好きなのだ。

東京の人があまり東京タワーにのぼらないように、名古屋の人も札幌の人も、京都の人も大阪の人も地元タワーにはあんまりのぼってないんじゃないだろうか。食べ物だってそうだ。仙台の人は牛タン、大間の人はマグロ、小田原の人はかまぼこをそんなに食べないそうだ。東京の人はもんじゃ焼きや人形焼きや東京ばな奈をあまり食べない。観光客が消費するものと、地元の人が消費するものは違うのだ。

東京タワーを真下から眺めると迫力に圧倒される。何枚もシャッターを切る。だけどいざ東京タワーにのぼってみると感動はあまりない。東京タワーから見える景色は東京タワーがない東京の景色だ。ふと向かいの高層ビルに東京タワーが反射していることに気づいた。ここでまたテンションがあがる。急に東京タワーが見えたときとおなじだ。

東京タワーの写真はたぶんこれまでに何千枚と撮っている。だけど東京タワーから見える景色はこれまでに10枚ぐらいしか撮ってない。感動とシャッターはわかりやすく比例するものだ。東京タワーはのぼるものじゃなくて、眺めるものなのかもしれない。

京都の中華

京都の友人たちと中華料理店に行った。

関西人は天津飯をよく食べるけど、関東人はあまり天津飯を食べない。関東人の中華料理におけるご飯物ポジションは天津飯ではなく炒飯だ。そもそも関西の天津飯の餡は関東と違うのだ。うどんのダシも東西で違う。天津飯もうどんも関西風のほうがぼくは好きだ。

関西の中華料理店にきたのだから天津飯を注文しようとしたら「ここは冷やし中華が美味しいんですよ」と友人におすすめされる。ぼくは冷やし中華を美味しいと思ったことが一度もない。だけど一度冷やし中華を食べて美味しくないと思ったからそれ以降食べてないだけなので、たまたまファースト冷やし中華がハズレだっただけなのかもしれない。

京都の人が美味しいというのだ。だったら高確率で当たりだろう。セカンド冷やし中華で人生を変えるべくメニューを眺めていたらそもそも冷やし中華がない。もう11月だ。中華を冷やす季節でもない。冷やし中華をはじめれば、終わりがくる。終わりがあるから美しい。

冷やし中華はないけど冷めんはある。盛岡冷麺か？　と思ってたらどうやら関西では冷やし中華のことを冷めんと呼ぶそうだ。「冷やし中華って長いから、冷めんのほうが呼びやすいやろ」といわれた。たしかにそうかもしれない。

関東では冷やし中華のことを略して冷中（ひやちゅう）と呼ぶ。生ビール中ジョッキを生中と略すのとまったくおなじ理屈だ。「京都だと冷中っていわないの？」と聞くと「そんなんいわないどす～」と笑われた。〝どす～〟の部分はくやしかったので作った話だ。冷中のことはしっかり笑われた。

冷めんやら天津飯やらエビチリやら酢豚やらいろいろ注文してみんなでシェアすることにして食べたんだけど、たしかにこのお店の冷めんは美味しかった。セカンド冷やし中華というよりファースト冷めんに満足した。

数日後、関東の友人とご飯を食べているときに、関西では冷やし中華のことを冷めんと呼ぶことを話した。やはりみんな驚いていた。その流れで東京だと冷中って略すじゃん？　みたいなことをいったらその場にいた全員からいわないよとつっこまれた。変なこと広めるなといわれた。あれ、そうだっけ。いわないのか。

京都の友人たちに「東京だと冷中だよ」って自信もって教えちゃったよ。冷やし中華って冷中っていわなかったかな。だけどもう冷中でいいじゃん。

ホイコーロ
豚肉とキャベツの味噌炒め
ニラ玉丼
スープ付
マーボ丼
スープ付
天津飯
中華飯
オムライス
やきめし
揚そば
焼そば
冷めん
冷めん
冷めん
冷めん
五目そば
チャンポン
御手洗

仙台の牛タンと釧路の炉端焼きと小田原のかまぼこ

釧路には炉端焼きの店がたくさんある。炉端焼きだらけだ。炉端焼きの店は東京にだってあるけど、釧路がそういう街なのだから、釧路にきたら炉端焼きの気分になる。

炭火で焼いたシシャモとサッポロ赤星の瓶でほろ酔いになって最高の気分で釧路滞在中であることをツイートすると、釧路出身の友人が「ぼくは釧路出身だけど炉端焼きの店に一度も行ったことがないです」と教えてくれた。あぁ、釧路出身の人に釧路の炉端焼きの魅力を伝えたい。

仙台の牛タンと釧路の炉端焼きと小田原のかまぼこ

ぼくは日本中のいろんな街を訪れるけど、地元の名物ほど地元の人は食べていない。仙台の人は牛タンを食べないし、小田原の人はかまぼこを食べない。そういうものなのだ。東京の人だってもんじゃ焼きを食べないし、東京ばな奈を見つけない。

ぼくは東京都の立川市出身だ。立川市を紹介するガイドブックにはだいたい、ウド料理がおすすめされている。なぜかといえば立川市は年間約54トンのウドを生産する都内ウド生産のトップランナーなのだ。ちなみに栃木県のウド生産量は年間570トンだ。

立川出身の人は小学生で農家を訪れウドの勉強をする。義務教育でウド教育だ。だけど、ぼくはウド料理を食べたことがないからおすすめはできない。じゃあ何をおすすめするかといえば餃子か焼肉か焼鳥、それから生ビールだ。そもそも日本中どの街に行っても中華と焼肉と焼鳥と生ビールはだいたい美味しい。

名物ほど地元の人は食べていないけど、名物はその街を訪れたお客さんの思い出話になり、交易品のようにお土産にもなる。東京の人に教えるとけっこう驚かれるけどぼくの経験上、地方への手土産でいちばん喜ばれるのは東京ばな奈だ。

地元の名物は他所(よそ)の人のためにあるのかもしれない。他所の人ほど他所の街の魅力に気づいているものだったりする。自戒にウドを練り込んで気をつけたい。

釧路の街でぼくが感じる魅力がもうひとつある。釧路には古い喫茶店がたくさんあるのだ。アイスコーヒーとパフェを注文して、お店に置かれた古い雑誌や漫画を読みながらのんびりすごしている。旅先ですごすゆっくりとした時間は、その街にいる感じがしてとても好きなのだ。

稚内まで宗谷本線で向かった

宗谷本線で名寄駅から稚内駅まで向かう。名寄駅を21時すぎに出発して、稚内駅に到着するのは深夜0時近くになる。
日中であれば北海道の景色がたのしめたのだろうけど、残念ながら車内の光が照らす近くの木々しか見えない。名寄の焼鳥屋さんでお酒を飲んだのでウトウトしていると、汽笛を鳴らしながら急ブレーキがかかった。窓際に置いた酔い覚ましのペットボトルのお茶が前方にススス－ッと滑っていく。ドスンという衝撃のあとに緊急停車してしまった。

車内アナウンスによると、どうやらシカと衝突してしまったようだ。シカたないよねシカだけに。朝まで列車が動かなかったらどうしよう？　と不安になったけど、すぐに運転が再開されてホッとした。

　またウトウトしていると、また汽笛と急ブレーキで緊急停止した。またシカと衝突したようだ。マジかよ。ペットボトルのお茶がまた前方に滑っていく。後ろからは誰かのスーツケースが滑ってきた。シカが衝突しやすい路線で4輪スーツケースは弱いことを知った。1日に2回シカと衝突することもあるし、スーツケースは4輪が便利だよね。シカたないよシカだけに。

「これから先、さらにシカが多いエリアに入りますので衝突が予想されます」と車内アナウンスが流れた。マジかよ。もっと多くなるのか……。ペットボトルのお茶をカバンにしまった。

　運転を再開するも急ブレーキと汽笛をくり返す。名寄で酒を飲むんじゃなかった。アジアの街並みの車のクラクションのように、カジュアルに汽笛が鳴る。完全に車両が止まったかと思えば、攻撃的に汽笛を鳴らしている。きっとシカと睨み合いになっているのだろう。えらい列車に乗ったものだ。

道北で線路が占める面積の割合なんてたかが知れてるのに、なんでシカは線路にいるんだろう。足の細い動物だから、除雪されている線路の方が歩きやすいのかもしれない。もしかしたら迷子にならないように線路を歩いているのかもしれない。

レールを舐めて鉄分を補給しているという話も聞いたことがあるけど、極寒の地で金属を舐めたら舌がくっついてしまいそうなものだ。理由はよくわからんけど、とにかくシカたない。シカだけに。

稚内駅には30分遅れで到着した。シカとは3回衝突した。たったの30分遅れでよく到着できたものだ。宗谷本線の運転士さんはすごい。これが通勤電車だったら勘弁してほしいけど、一人旅なので思い出のひとつになる。

2
なよろ

雪の山で撮影していた

朝から雪がふっている。すでに20㎝ぐらい積もっているけど、まだまだ積もらすぞと空から雪が落ちてくる。そんな中、山の中で撮影をしている。雪がふってるときの山はとても静かだ。人はいないし車の交通量も減るのだろう、まったくもって音がしない。

上空を飛行機が通過したような音がする。直後に木々が揺れるので飛行機ではなく強い風が吹いた音だったのだと気づく。雪山が静かだから相対的によく聞こえるのか、音の質まで変わって聞こえるような気がする。

ぼくは雪の中で鉄砲を撃ったときの銃声が好きだった。コンクリートで囲まれた射撃場で撃ったときの銃声とは違う。バァーン!! という大きな銃声を積もった雪が吸収して、ドンッ! という音になる。そのあとに空に逃げた銃声が木々をサァァァ……と揺らす。雪山の銃声はドン・サーだ。ワビ・サビにも近いものがある。

そんなことを思い出しながら撮影していると、どこからかシャンシャンシャンシャン……と音が聞こえる。聞いたことがない音だ。スマホからではない。車の音でもない。動物だろうか。ここまでくる途中にイノシシを見かけた。冬眠しないクマもいる。いや、そもそも動物がこんな音出すか??

とにかく100m以内に確実に何かがいる。23年前に映画館で観た『ブレア・ウィッチ・プロジェクト』を思い出して怖くなってしまう。23年たって映画を観たことを後悔した。一人で来るんじゃなかった。クマ撃退スプレーを持ってくればよかった。

車に戻るべきか、動かないでやり過ごすか迷う。動けばこちらの音が相手に察知されるだろう。カメラの三脚は傘並みに軽いカーボン素材だ。これじゃ戦えない。手元にある重くて硬いものはカメラだ。もしもクマに襲われたら三脚につけたカメラを石斧みたいにして頭を狙おう。

殺されるのではなく、相手を今夜の鍋にするぐらいの気持ちを持たなければ、気持ちで負けてしまう。もう心理戦ははじまっている。シャンシャンシャンがだんだんと近づいてくる。なんだこの音、怖えぇ。

すると熊鈴をつけたおじさんがひょっこり出てきた。なんだおじさんかよ。熊鈴も雪で音が変わるのかな。熊鈴の音を聞いたクマもこうやって怖がるのかな。熊鈴のおじさんからすれば、誰もいない雪山で写真撮ってるおじさんも怖いよね。あぁ、よかった。

「アシスタントはしごくもの」

「アシスタントはしごくもの」という風潮がぼくが若いころにあった。しごきには松竹梅があって、怒鳴るぐらいのことはもう日常茶飯事だ。スタジオにあるモノを投げてくる人もいれば、人格否定をしたり、殴ってくる人もいた。長時間休憩を与えなかったり、わざと怪我をさせるような人もいた。つまりただのパワハラだ。

あまりにもしごかれると当然ながらアシスタントはバックレる。そしてバックレにも松竹梅がある。ぼくはダメにダメを重ねたようなアシスタントだったので、ケータイの電源を切って現場に行かないことが何度かあった。梅のバックレだ。

アシスタント仲間から、復讐をしてからバックレるという話を聞いたことがある。撮影の露出はアシスタントが計測して、カメラのセッティングをしてからフォトグラファーに渡す。そのときにめちゃくちゃな露出にして、現像所で気づかれるころにはバックレているというものだ。フィルム時代ならではの竹のバックレだ。

ぼくはグラビア撮影のアシスタントをしていたことがある。体力的にも技術的にもキツくはなかったけど、フォトグラファーからいじめられ精神的にキツくなってしまい辞めようと決めていた。

最後の仕事が沖縄ロケだったので竹のバックレをしようかと考えたけど、露出をわざと間違えようが、そもそも露出をオーバーにもアンダーにもバラして撮影するからダメージは少ない。もっと大ダメージを与えたい。ぼくはそう考えた。

普通フィルムは飛行機内に持ち込み、保安検査ではオープンチェックといって目視で確認してもらう。間違ってもX線検査に通してはいけない。これは常識なんだけど、ぼくはフィルムをサラッとX線に通した。帰りの飛行機でもしっかりX線に通してバックレた。撮影でどうしようとフィルムがダメになってるから無駄だろう。これが松のバックレだ。

数週間後、写真が掲載される雑誌を確認すると、まったくもって綺麗な写真が掲載されていた。おかしい。納得がいかずフィルム会社に電話した。「空港でX線にかけちゃったんですけど、なにかいい解決方法ありますかね？」と問い合わせをしてみた。「大丈夫とはいえないですけど、高感度のフィルムでなければほぼ大丈夫ですのでご安心ください」と教えてくれた。安心はしたくなかったんだ。松のバックレは失敗に終わり、ただの梅のバックレとなった。

この沖縄ロケ以降、自分の撮影で飛行機に乗るときはオープンチェックせずに往復でX線を通している。問題が起きたことはない。もうフィルムで撮影することもめっきり減ったけど、いまでも空港の保安検査場に並んでいるときに思い出してしまう。

ヘタだけど
いい写真を撮ろう

初心者向けの写真のワークショップを今年からやっている。ぼく自身がまだ中級者レベルだから初心者にしか教えられないという本当の理由はひた隠しにしているけど、写真とカメラに関する変な情報がはいっていない初心者のほうが教えやすい。

世界各国の賃金は上昇したけど日本の物価は上がらなかったことで、相対的に日本製のカメラが安くなったことと、スマホが普及したことで人類史上いちばん写真を撮る時代になった。20年前とは桁が違うであろう量の写真が日々撮られている。

明治くさいことをいってしまうけど、一昔前は写真にうつると魂が抜かれるといわれたほどで、写真を撮ることは当たり前ではなかった。昭和になっても正月や誕生日、旅行やクリスマスなどのハレの日や、人がたくさん集まったときに撮る特別なものだった。

だから写真を撮るときに失敗をしないように、キチッとカチッと撮ろうとする。写真にうつる人も緊張してキチッとカチッとする。カメラが普及すればするほど、写真が特別なものではなくなるので緊張からすこしずつ解放される。撮る人もうつる人も緊張が写真の敵だ。

人の魅力がまったく伝わらない写真の代表が履歴書の証明写真だと思う。撮るときに緊張するよねあれ。自分の魅力を伝えないといけないマッチングアプリで証明写真を使う人はほとんどいないだろう。緊張していない自然な写真にするものだ。

もしもペットがカメラを扱えて写真を撮れるようになったら、すごくいい表情の飼い主さんの写真を撮ってくれるだろうと、ペットを飼ってもいないのにニヤニヤと想像してしまう。自分のペットに緊張はしないし、ペットのことが好きだからだ。

ちいさな子どもがいる親は子どもの写真を撮りがちだけど、子どもに写真を撮ってもらうのをよくおすすめしている。子どもが描いたヘタな似顔絵が宝物になるように、ヘタな写真も宝物になる。ペットも子どもも写真はヘタなんだろうけど、魅力が伝わるいい写真を撮ってくれるだろう。

緊張は写真の敵だけど、カメラを買った人はどうしても緊張をしてしまう。失敗をしちゃいけないと思ってしまうのだろうし、うまくなりたいとも思ってしまうのだろう。それはそれでいいのかもしれないけど、緊張していい仕事はできないものだ。

「失敗していい」「上手くならなくていい」「ヘタだけどいい写真を撮ろう」ということをエラそうに教えている。写真上級者にとっては改宗のようなものだから初心者にしか教えられない難しさがあるのだけど、いい写真にはうまいとかヘタとかはあんまり関係ない。

写真は誰かの宝物になる。社会をちょっとよくする力もある。写真を撮るのが当たり前の日常だからこそ、いい写真が社会に1枚でも増えるといいなと思っている。飛行機からの写真は息子が撮ったもの。ヘタなんだけどお父さんはいい写真だと思います。

左足の小指を骨折した

ＴＨＥ 虎舞竜みたいな書き出しだけど、ちょうど1年前に足の小指を骨折した。足の小指をぶつけると激痛が走るけど、小指の扱いには気をつけろよと体が教えてくれているのかもしれない。足の小指を骨折するとなかなか不便だ。

はんぺんみたいなので小指を包帯でグルグル巻きにするので、クリスマスの飾りのような大きな靴下と医療用っぽい靴を履く。歩行速度がガクッと落ちるので人とぶつからないように気をつけなければいけない。

抗がん剤の治療のために通院すると、高齢の患者さんとぶつかりそうになることがある。高齢の人は歩行速度が落ちるからだ。街中で子どもが人とぶつかりそうになるのも歩行速度が一定でなく速かったり遅かったりするのが理由のひとつだろう。

高速道路で運転するときのように、事故を防ぐために周囲の速度と合わせることがいいのだろうけど、人間はそれぞれ歩速と歩幅と体力が違うから難しい。じゃあ骨折をしているときに誰かとぶつかったかというと、一度も人とぶつかることはなかった。一度だけエレベーターの中で足を踏まれて泣いたけど。

一度もぶつからなかったのは、周囲の人が配慮して避けてくれたからだろう。病院で高齢者にぶつからないようにしているのとおなじことだ。見た目も結構重要なんだなと思った。医療用っぽい靴を履いて不自由そうに歩いているのと、足以外は屈強なワンパックのお腹の男性だ。

かわいい軽自動車と右翼の街宣車、どちらが煽り運転をされやすいかといわれれば、たぶんかわいい軽自動車だろう。エレベーターで踏まれたのは、エレベーターだと人は上を見上げるからだと自分に言い聞かせて涙を拭いた。なんにしても周囲の人が配慮してくれたのはありがたい。直接声をかけられたり助けられたりしたわけじゃないけど、人は見守ってくれているものだ。

がんになったばかりのころ、歩行に支障が出ていたのでヘルプマークをつけて生活していた。ヘルプマークをつけていても、電車で席を譲られるわけでもないし、あんまり意味を感じないのですぐに外してしまった。

きっとこのときも見守ってくれていた人がいたんだろう。ヘルプマークの認知度が低いわけじゃないし。なにかあったら助けてくれたんだと思う。ぼくもヘルプマークをつけている人をみかけたら、わざわざ声はかけないけど何かあったら助けようって思うもん。

世の中には積極的に冷たい人も消極的に冷たい人もいて、積極的に優しい人も消極的に優しい人もいる。積極的に冷たい人が社会では目立って話題になりがちだけど、それはノイジーマイノリティみたいなもので、世の中は消極的に優しい人が大多数なんじゃないかなと思ったりする。

困っている人に助けを求められて、自分しかいなければ多くの人が助けるんじゃないかな。積極的な優しさを正義とすれば、消極的に優しい人も冷たい人になってしまうのだろうけどね。

なんで1年前のことを思い出しているのかといえば、いま右足の足首を痛めているからだ。また歩くのが大変な状況になっている。1週間ぐらいで治るらしいけどぶつからないように気をつけよう。気をつけようというか、すでに見知らぬ人に気をつけてもらってることに感謝しよう。

料理はおもしろい

釜でご飯を炊くようになってもうすぐ2年ぐらいたつ。炊飯器メーカーのキャッチコピーをまったく信用できなくなる程度にご飯が美味しく炊けるようになった。だけどすごく美味しく炊ける日もあれば、たまに失敗する日もある。メジャーリーガーだってホームランを打つときがあれば、三振のときもある。そういうものなのかもしれない。

羽釜ユーザー、通称ハガマーとしては毎日すごく美味しい日にしたいわけだ。最近ようやく美味しさがバラつく原因がわかった。お米を計量カップで量ると量がバラつく。これが原因だ。お米の一合は150gだ。これを計量カップで量ると16

0g〜190gまでバラつく。計量カップを変えても結果はおなじでバラつく。もちろん一合180ccの計量カップで計量している。200ccで量ってるわけじゃない。

理屈としてはテトリスのようにお米がハマることもあれば、ハマらないこともあるから重さにバラつきが出る。そのためちゃんとした飲食店ではお米を重さで量るそうだ。友人の料理家の山田英季さんが教えてくれた。

いわれてみればコーヒーにこだわる人も豆を重さで量る。米が武士の給料だった江戸時代はちゃんと重さで量ったのだろうか。米を有価にするなら砂金のように重さを量るべきだよね。一合は水や酒などの液体ならいいのだろう。そもそもお米はなんで2kgと5kgで流通しているのだろう。一合150gなら1・5kgや3kgや6kgのほうがいいような気がする。

うちは2合300gのお米を冷蔵庫で2時間以上浸水させている。朝浸水させて夜炊くイメージだ。水をしっかり切って、浸水させたお米の重さをまた量る。浸水米は４００ｇぐらいになる。

そこに４００ccの水を入れる。水も重さで量る。浸水米と同量の水で炊けば90点のご飯ができる。たぶん羽釜とか関係なく美味しく炊けるような気がする。水分を３９０ccにするか４１０ccにするかは好みだ。10ccの違いで仕上がりがずいぶん違う。とにかく生米と浸水米と水の重さを量るのが重要だ。

料理はおもしろい。写真とおなじで教える人によってずいぶん違いがある。哲学のようなものかもしれない。常識を疑うことが必要なときもある。いまでは毎日ホームラン級のご飯を食べている。

すこし前にある料理家の方がインタビューで「大根をおろすのにどうして皮をむくんですか？」と疑問を投げかけていた。たしかに!!　いままで何も考えないで皮をむいていた。根拠のない常識を信じて思考停止していた。その日はいてもたってもいられず、大根と秋刀魚とすだちを買った。

妻が秋刀魚と大根おろしを口にいれた。目をつぶりながら口を手でおさえている。

いつもと違う大根おろしに感動しているのだろう。ぼくも秋刀魚と大根おろしを口にいれた。超辛い。すんごい辛い。くえたもんじゃない。なんなんだ。おもわずティッシュに戻した。

後日、料理家の山田さんに事の顚末を伝えて大根おろしを辛くしない方法を質問したら「大根の皮をむけばいいんだよ」と教えてくれた。ああそうか。そりゃそうだよな。教える人で違いすぎるだろ。料理はおもしろい。

またひとつ大人になった

博多の中洲にある小料理屋さんに一人ではいった。まだ早い時間だったので客はぼく以外にはいない。カウンターに座ってまずは生ビールをグラスで注文する。すぐにグラスビールを飲みほして、2杯目のグラスビールと料理を数品注文する。「お客さん、どこからきたんです?」と大将から聞かれる。「東京からです。中洲は元気があっていい街ですね」と答える。質問の答えにプラスして訪れている街の良さにふれる。いつもそこから会話が広がる。

小料理屋に一人ではいって、大将と会話するなんて大人になったものだ。中学生のとき駅前で配っていた消費者金融のティッシュを差し出されたときの、大人の一員として認められたときのうれしさと似ている。いまだからわかるけど、あれはさっさとティッシュを配り終えたかっただけだ。

中洲では隣の客と会話する不思議な文化がある。屋台だろうが小料理屋だろうが、老若男女に関係なくたまたま隣に座った知らないお客さんと会話しながらお酒を飲むのだ。これがけっこうおもしろい。

今夜はどんな人とどんな会話をするのだろう。お店の扉がひらいて、お客さんがぼくの隣に座る。顔を向けて見るのも失礼なので横目でチラッと見る。人間の視野角は200度もあるそうだ。170度ぐらいの視野でチラッと見る。

どっからどう見てもヤクザだ。コテコテのドヤクザが隣に座った。服も髪型も肌色もアクセサリーも声も喋りかたも全てが反社会勢力ヤクザだ。これはもうタイミングを見て席を立つしかない。ヤクザは常連客のようで大将と談笑している。どうやらヤクザは近いうちに彼女と東京旅行に行くそうだ。

「そういえばこちらのお客さんは東京からなんですよ」大将がぼくに話をふってき

た。「ありがとう、迷惑です」と心の中で大将にお礼を伝えた。ヤクザがおすすめの東京デートコースをぼくに聞いてきた。知らんよ。東京カレンダーでも読んでくれよ。そんな本音をいえば殺されるかもしれない。「いやぁ、わからないですね」と濁すのもダメだ。彼らはプライドで生きているのだ。この場合は地雷を踏まないよう丁重かつ特別扱いがベターだろう。

羽田空港でレンタカーをかりて遊んで、首都高をドライブして横浜のホテルに泊まるのがいいんじゃないですかと提案した。荷物も楽だし。都内のホテルは狭いし高いし、横浜は中華街もみなとみらいもあるし、横浜ベイブリッジを走るの気持ちいいし。買い物したものは宅配便で送ればいいし。命懸けで真剣に答えた。

この提案にヤクザはかなりご満悦の様子だった。低い声のトーンで「目からウロコだわ」といっている。いままでの人生で聞いてきた「目からウロコ」でいちばん怖いトーンだった。

そうこうしていると、ヤクザの彼女がお店にやってきた。これはチャンスと

「じゃあごゆっくり。旅行たのしんでください」と声をかけて会計をする。はやく去りたいからカードじゃなくて現金で会計した。乗り切った。またひとつ大人になった。

息子が生まれた日から、雨の日が好きになった

卒園式の日はよく晴れていた。保育園まで向かう道すがら入園式の日も今日みたいによく晴れた日だったと息子に話した。入園式のときは写真を撮ったけど、卒園式ではまったく写真を撮らなかった。もう自分で写真が撮れるのだから息子にカメラを渡した。息子は小学校で別れてしまう友達や好きな先生のことを撮っていた。親バカかもしれないけど、とてもいい写真だった。

ぼくが息子の卒園式を撮れば「息子の卒園式」の写真になる。だけど卒園する息子が写真を撮れば「ぼくの卒園式」の写真になる。この差はけっこう大きいのだ。友達や先生の表情は、カメラを持った自分に向けられたものだ。10年後か20年後か、

大きくなって息子が写真を見返したときにきっと何か感じるだろう。

小学校の入学式の日は雨がしとしと降っていた。息子はすこし残念そうだった。お父さんは雨の日が好きだよといった。息子はぼくが雨好きということを耳のタコがずぶ濡れになるほど聞いている。そろそろウザったく感じているだろう。だけど息子はぼくが雨の日が好きな理由までは知らない。

息子が生まれた日が雨だったから、ぼくは雨の日が好きなのだ。いまでも雨の日に一人で車を運転していると、息子が生まれた日のことを思い出す。ブレーキランプに照らされたフロントガラスの赤い雨粒が、ぼくにとっては思い出だ。今日は雨だけど、雨の日は何年たっても今日のことを思い出せるんだよと伝えた。

息子なりに感慨深いものがあったのか「その話やばいね、おとうさん」と小学生っぽい反応が返ってきた。ぼくは撮影業界の人間なので雨の日は好きじゃなかったけど、息子が生まれた日から雨が好きになった。好きな天気は人生経験で変わるものだ。子どものころは雪によろこんで台風にワクワクしたけど、大人になるとそれらは悪い天気になり、晴れだけがいい天気になりがちだ。

当然ながら天気はバランスだ。晴れも雨もないと動物も植物も死んでしまう。雨が悪い天気ってわけじゃない。天気はいいか悪いかじゃなくて、好きか嫌いかで考えてほしい。好きな天気がいい天気なのかもしれない。だったら好きな天気が多いほどいい天気が増えて人生は豊かになる。小学校でたくさんの好きを見つけてほしい。

対談

古賀史健×幡野広志

エッセイでも写真集でもない、あたらしい本のかたち

構成：古賀史健　撮影：狩野智彦

古賀史健

ライター。1973年福岡市生まれ。主な著書に『嫌われる勇気』、『取材・執筆・推敲』、『20歳の自分に受けさせたい文章講義』などがある。幡野広志著『ぼくたちが選べなかったことを、選びなおすために。』では構成を担当。最新刊は『さみしい夜にはペンを持て』。

不安の総量を増やさないために

古賀史健（以下、古賀）　この連載（※1）、もう4年になるんですね。

幡野広志（以下、幡野）　そう。途中休んでいた期間もあるんですけど、2019年にスタートしました。

古賀　こうしてまとまったものを読み返してみると、この4年間での幡野さんの変化が克明に記録されている気がします。

幡野　じつはぼく、まだ読み返していないんです（笑）。もちろん出版までには読み返し、書きなおしたりもすると思いますけど、恥ずかしくって。

古賀　たとえば初回の話（P010）なんかは、ご自身の病気や死生観みたいなものについて、正面から向き合うように書かれています。でも、段々と病気の話が少なくなって、最近買ったものの話とか、取材先での出会いとか、なんでもない日常の記録が増えていきます。そのあたり、なにか心境の変化はあったのでしょうか？

幡野　ふり返ってみると、当時はまだ病気にとらわれていたんでしょうね。

古賀　病気に関連して伝えたいこと、訴えたいことも多かったし。

幡野　ええ。

古賀　それがいまは……。

幡野　書かなくなりましたね、病気のことは。書いてもメリットがないというか、デメリットのほうが多いんです。

古賀　デメリットというのは、たとえば？

幡野　うーん、たとえばコロナ以降だと、「ワクチンを打ったからだ」と言ってくる人が出てきたり、相変わらず変な薬や健康法を薦める人が出てきたりするんですよ。「イベルメクチンでぜんぶ治る」みたいな。

※1　本書はポプラ社ウェブサイトでの連載「ほぼ週刊連載 幡野さんの日記のような写真たち」に書きおろし3編を加え、改題・加筆修正のうえ出版された。

古賀 でも、自分の不安を言語化することで、もやもやした感情が整理されたり、気持ちがやわらいだりする部分はあるんじゃないですか?

幡野 それはあるんです。書くことのメリットは、確実にあるんです。ただ、それもけっきょくデメリットのほうが大きい。仮にぼくの抱える不安が100だったとしますよね?そして書くことによって、不安が80に減ったとするじゃないですか。ところが、不安をことばにした結果、今度は一緒に暮らす妻の不安が増幅されていくんですよ。それまで20くらいに抑えられていた彼女の不安が、60とか70くらいにまで増えてしまう。そうすると、不安の総量が150になっちゃうんですよ。

古賀 ああー、なるほど。

幡野 だから、余計な不安は口にしなくなりました。それは妻に心配をかけないためというより、ぼくのために。

古賀 じゃあ、「言えないつらさ」のようなものはどうされているんですか?

幡野 ないです。言えないつらさはないし、たとえつらかったとしても見せないほうがいい。

古賀 でも、だれにも言わないだけで、病気のことを考えている時間は変わらないわけでしょう?

幡野 変わんないですね。やっぱり、考えます。じつはすこし前に、盲腸(急性虫垂炎)

の手術をしたんですよ。それで手術自体は無事終わったんですけど、今度は手術した患部のあたりがけいれんを起こすようになったんですね。もう、痛みで動けなくなるくらいの、ひどいやつが月に1回くらい。それで主治医さんに相談したら、背骨のどこかに腫瘍ができて、それが神経を圧迫している可能性がある、って言われて。

古賀　えっ……!!

幡野　だからCTやMRIの精密検査をしましょう、という話になったんですけど、その検査が3週間後だっていうんです。しかも検査結果が出るのは、さらに2週間後だって。

古賀　じゃあ、ほぼ1ヶ月。

幡野　この1ヶ月は、かなりきつかったですね。妻にも言えませんでした。やっぱり、不安の総量を増やすだけなので。もちろん実際に腫瘍が見つかったら、妻にも話します。でも、検査結果が確定するまではなにも言えない。ほんとうに覚悟しましたし、苦しかったですね。けっきょく、腫瘍は見つからずなにも問題なかったんですけど。

古賀　じゃあ、ご家族や友だちとたのしくしゃべっているときも、ずっと「言えない」を抱えて……。

幡野　いや、それはいいんです。人と一緒にいるときは。きついのは夜ですね。夜、ひとりで寝てるときにすごい不安が襲ってきました。まあぼくの場合、いつか腫瘍はできるんです。その未来は動かせないわけだから、今後のいいシミュレーションができたというか、「うまくできたじゃん」って思いましたよ。

古賀　その、不安との向き合い方が。

幡野　はい。それに、「結果も出ていないこと」についての不安は、だれとも分かち合わないほうが正解なんだ、ってことも再確認できましたし。

古賀　うーん。

幡野　ただ、そういう感情とは別に、息子にはすこしずつ伝えるようにしています。

古賀　お父さんはこういう病気なんだよ、って？

幡野　ええ。すこし前に、ある児童精神科の先生に伺ったんです。がんになった親が、それを子どもに隠したまま他界した場合、子どもには虐待を受けたのと同じような心の傷が残るそうなんです。

古賀　ああ。自分だけ教えてもらえなかったという事実が。

幡野　そうなんでしょうね。ほんとうに、身体的・精神的虐待を受けた子どもたちとかなり近い状態におちいってしまうらしく。だって、だまされたようなものですから。だから、ちゃんと伝えておかないとダメだよなって思いながら、すこしずつ話すようにしています。これはもう、ぜったいにやらなきゃいけないことですね。

ひとりの時間を守り続ける

古賀　ただ、そうやってご家族との時間を大切にしている一方で、幡野さんは「ひとりの時間」も大切にされていますよね。

幡野　ひとり、いちばん好きです。

古賀　もちろん写真の仕事で出張しているのもあるでしょうけど、ひとり旅もたくさんやって、すごく人生をたのしんでいる印象があります。

幡野　いや、ステイホームが推奨されたとき、みんな疲れたじゃないですか。家庭もギクシャクしたじゃないですか。がんにかぎらず、重い病気になった人って、あの気持ちなんですよ。自分の家でじっとして、いつも家族と一緒にいるって、フィクションとしては美

しいかもしれないけど、ステイホームを強制されているのと同じですから。ひとりになる時間とか、ひとりになれる場所は、ぜったいに必要です。

古賀　幡野さんは、意識的に「ひとり」をつくったんですか？

幡野　なにかを変えちゃだめだ、って思いました。病気になったからといって、それまでの生活を変えるのはよくない。健康だったときと同じ生活を維持しようって。病気になる前は、旅ばっかりしていましたから。

古賀　今回の本は、そういう幡野さんの「生活」がいちばん出ている本ですよね。これまで幡野さんが出されてきた本って、それぞれになんらかのメッセージが込められていたと思うんです。息子さんだったり、奥さまだったり、生きづらさを抱える読者の方々だったり、いつも「伝えたい相手」がいたというか。

幡野　ええ、ええ。

古賀　それに対して今回の本は、だれに向けたメッセージでもない幡野さんの日常が、淡々と綴られている。

幡野　そうですね。

古賀　じゃあ、ふつうのエッセイなのかというとそれも違って、最大の特徴はそれぞれのエッセイに幡野さんの写真が添えられているところなんです。

幡野　はい。

古賀　このエッセイと写真が並ぶ構成が、すごくいいんですよ。「この写真を撮ったとき、こんなことを考えていたのかな？」とか、「このときの気持ちを象徴するものとして、この写真を選んだのかな？」とか、写真家の思考を覗き見しているような感覚があって。タレントさんの本に「フォトエッセイ」というジャンルはあるけど、ほんとうの意味で写真とエッセイが並び立っている本って、意外と少ないんですよね。

幡野　それは写真の立場が弱いからですよ。

古賀　写真の立場が弱い？

幡野　ぼくも写真家だから「写真の力はすごいんだぞ」って言いたい気持ちはあるんです

けど、客観的に考えて、ことばのほうが強い。なにかを伝えるときの力は、圧倒的に強いです。

古賀 プロが撮る写真についても、そう思いますか?

幡野 思います。もちろん世のなかには、文章を超えるような写真を撮る写真家もいます。でも、せいぜい世界に数人じゃないかな。ぼく自身のことでいえば、写真はことばに負ける気がしますね。

古賀 負ける、というのは……?

幡野 伝わらないんです、写真だけでは。

写真集には「ことば」が足りない

古賀 そこ、もうすこし詳しく教えてください。

幡野 たとえば、ひとつの写真集に50点の写真が載っていたとして、記憶に残る1枚なんてあります?

古賀 えーと、まあ……写真集を出しているご本人の前では言いにくいけど(笑)。

幡野 ぼくは残らないですよ。写真集を出版できるくらいの水準にいったら、みんなうまいんですから、飛び抜けた写真とか、記憶に残る1枚なんて、ほとんどない。

古賀　……はい、実際にそうです。

幡野　だから写真集って、写真そのものよりも、「あとがき」とかのほうがはるかに記憶に残るんです。写真集にそのタイトルをつけた理由とか、撮影先で出会っただれかの話とかのほうが、圧倒的に残る。

古賀　ああー。ぼくもたまに写真集を買うことがあるんですよね。ロバート・フランクだとか、シンディ・シャーマンだとか、人から「これがいい」と薦められたものを買ってみて。

幡野　はいはい。

古賀　それで買った写真集を見てみるんですけど、正直な話、たのしみ方がわからないんですよ。「へえー」「なるほどなあ」くらいで（笑）。

幡野　ぼくも一緒ですよ。ぼくだって「へえー」ですよ（笑）。

古賀　ほら、美術館でぜんぶの絵をしげしげと眺めるのって、つらいじゃないですか。そんなに興味もない画家の絵だったりすると、とくに。

幡野　ふつうに通り過ぎちゃいますよね。

古賀　それと同じ現象が、写真集を見ている自分にも起きるんです。1枚ずつ味わうというよりも、パラパラめくって終わっちゃう。

幡野　ぼくがだれかの写真集を見るときも、ほとんど一緒ですよ。もちろんその写真の

「すごさ」はわかります。「すごい写真だ」とは思います。でもそれって、ぼくが写真を撮っているからなんです。要は、自分と比較して「すごい」と思っているだけのことですから。写真の知識があるぶん、撮るときの苦労もわかるし。だから、かならずしも写真そのもののメッセージを受け取っている、というわけじゃないんですよね。

古賀　一方で、今回のフォトエッセイを読んだり、幡野さんがたくさんの写真を載せたnoteを読んだりすると、写真がおもしろいんです。写真のたのしみ方がわかるというか、写真の「読み方」がわかるというか。

幡野　そこはけっこう意識しています。ぼく、前から思ってるんですけど、写真集に足りないものって、「ことば」なんですよ。たとえば、写真に添えられたキャプション（短い説明文）が変わるだけで、その写真の印象はまったく変わります。だから、ほんとうに必要なのはキャプション程度のことばじゃなくて、まとまりを持った文章。500文字とか1000文字とかの文章を、写真家自身が書く。そうしないと写真なんて、ぜったいにわかんないと思いますね。写真だけで伝えることができる写真家は、世界に数人です。

これは現代版『おくのほそ道』だった!?

古賀　いや、そこはすごくおもしろい話で、今回の本ってすらすら読めるし、写真も気持

ちいいんですよね。それで「この気持ちよさって、なにに似ているんだっけ？」と考えたときに思い出したのが、松尾芭蕉の『おくのほそ道』だったんです。

幡野　『おくのほそ道』？

古賀　ほら、たとえば「閑さや　岩にしみ入る　蟬の声」って、有名な句があるじゃないですか。あれだって俳句単体を見せられても、じつは意味がわからないでしょ？「セミが出てくるから夏なんだろうな」「岩があるんだな」くらいで。だから、俳句だけをずらずら並べた句集は、ちょっと読みにくい。

幡野　うんうん。

古賀　ところが『おくのほそ道』って、俳句の前に紀行文が入っているんです。

幡野　紀行文？

古賀　つまり、「みんながあの山寺を見ておけ、というから行くことにした。岩を這い上がるようにして、山のてっぺんにある寺に向かった。岩肌には苔がむして、物音ひとつ聞こえない。夕暮れ前に、ようやく山寺にたどり着いた。美しい景色を眺めて、心が澄み渡っていく」みたいな旅の文章が続いたあとに、ポンッと「閑さや　岩にしみ入る　蟬の声」がくるんです。それこそ、「ここで一句」みたいな感じで。

幡野　ああ、なるほどなるほど。そういうことか。

古賀　この本も、けっこう構造が似てますよね？　幡野さんの長くも短くもないエッセイが淡々と続いて、そこにパシャッと撮られた写真が添えられている。つまり、それぞれのエッセイが「この写真が生まれるまで」のストーリーになっている。

幡野　いやあ、松尾芭蕉の話は知りませんでしたけど、すごくわかります。そうですね、言われてみると写真は、俳句と似ています。カメラがなかった時代の人たちは、写真を撮るように俳句を詠んでいたのかもしれません。

古賀　だからぼくにとってこの本は、現代版『おくのほそ道』なんですよ。紀行文の代わりにエッセイが入ってて、俳句の代わりに写真が入ってる。

幡野　そうだよなあ、やっぱりことばが必要なんですよねえ。たとえば「モナリザ」みたいな絵だって、世界的な名画だとされてるけど、レオナルド・ダ・ヴィンチのことやあの絵が描かれた背景を説明してもらえなかったら、よくわからないじゃないですか。

古賀　絶世の美女みたいに言われているけど。

幡野　ダ・ヴィンチがもっと説明してくれてたら親切なんですけどね。

自由を手にするために文章がある

古賀　それにしても写真家の立場から「ことばが大事」という意見が出てくるのはおもしろいです。

幡野　なんか、よく「ことばにできないことを写真にする」みたいな、エモいことを言う人がいるんですよ。でも、それって言語化能力が足りないだけですよね？　しかも言語化能力が高くなるほど、写真自体がよくなっていくんですよ。

古賀　写真がよくなる？

幡野　はい。ぼくは写真家にとって最も大切なのは、カメラや写真を使わずに「自分が見たもの」を伝えられる能力だと思っています。

古賀　どういうことですか？

幡野　たとえば、お蕎麦屋さんに行ったとしますよね？　それで「こんな蕎麦を食べました」って蕎麦の写真を撮ったら、いちおう記録になるし「蕎麦を食べたんだな」とわかるじゃないですか。でも、蕎麦の写真を撮らず、撮ったとしてもその写真を見せずに、どう

やって「こんな蕎麦」をことばで伝えられるか。その能力が大事なんです。

古賀　いや、ほとんどライター講座でぼくが言ってることと同じなんですけど（笑）、どうしてそこでの言語化が大事なんでしょう？

幡野　もしも「こんな蕎麦」を文章で伝えられたら、そのぶん写真が自由になるんですよ。

古賀　写真が自由になる？

幡野　要するに、わざわざ蕎麦の写真を撮る必要がなくなるんです。箸の写真を撮ってもいいし、唐辛子の写真を撮ってもいいし、壁に貼られたお品書きの写真を撮ってもいいし、それだけで「お蕎麦屋さん」の写真が成立する。蕎麦から、離れられるんです。

古賀　はぁー、なるほど！

幡野　そうじゃないと、どうしてもみんなお蕎麦屋さんで蕎麦の写真を撮って終わっちゃいますよね。ことばで説明できることの強みは、「離れること」なんです。

古賀　たしかにプロのすごい写真を見たとき、撮影の技術以上に「ここで『これ』を撮るのか！」っていう驚きがあるんですよね。それこそお蕎麦屋さんで箸の写真だけを撮る、みたいな。あれはみんなが撮る「蕎麦」から離れた結果だったんですね。

幡野　蕎麦の写真なんて、ネットで検索すればいっぱい出てきますから。

古賀　じゃあ松尾芭蕉も、「あそこに行った」「こんなものを見た」とかをさんざんことばで説明しているから、あれだけ自由で芸術的な一句が詠めたのか。

幡野　たぶんそうだと思います。

古賀　それは大発見だなあ。

これから写真をはじめる人たちへ

古賀　ちなみに、そこでの言語化能力を支えているのは、観察する力ですか？

幡野　そうですね。たしかにぼくのまわりにいる写真家たちも「よくそんなとこまで見てるな」っていうくらい、観察しています。ただ、いちばん大切なのは、好奇心じゃないですかね。興味がなかったら観察なんかできないわけだし。

古賀 そのへんはもう、ライター講座でもまったく同じ話ができますね（笑）。好奇心が観察を生み、観察が精緻な文章を生む。

幡野 どんな表現も、根っこにあるのは同じものだと思います。

古賀 でも、そういう写真と文章の組み合わせが自由にできるようになったのって、ブログ誕生以降のことですよね？

幡野 そうですね、ブログサービスの誕生はかなり大きかったです。ブログがない時代だったら、いま言った話もむずかしいと思います。

古賀 ブログが広まったときのこと、憶えています？

幡野 はい。当時は写真学生だったんですけど、これは革新的なことが起こったな、これで全部変わるなって思いました。写真をほぼ際限なく載せることができて、文章も際限なく書くことができて。それまでは自分で作品展を開いたり、コンテストに応募したり、あとはだれかに直接見せに行くくらいしか発表の方法がなかったわけですから。

古賀 じゃあ幡野さんは、割と早い時期からブログを使っていたんですか？

幡野 使ってましたね。まわりからは、ちょっと馬鹿にされましたけど。いや、かなり馬鹿にされたな。

古賀 それはどうして？

幡野　なんか、自分の「作品」をウェブ上にアップすることを、ＮＧだとする風潮があったんですよ。いちおう理由はあって、写真のコンテストって、応募要項にだいたい「未発表作品に限る」って書いてあるんです。だから厳密にいえば、ブログに掲載した写真はすべてコンテストに応募できなくなる。あるいは、ウェブ上にアップしたらどんどんコピーされてしまうとか。

古賀　それでも、幡野さんはブログを活用した。

幡野　やってましたね。当時はかなり少数派だったと思います。

古賀　今回の本も、その延長線上にあるわけですね。

幡野　そうなるんですけど、ひとつだけ申し訳ないのは、今回の本に掲載している写真って、あえてクオリティの低いものを中心に選んでいるんですよ。

古賀　えっ、そうなんですか!?

幡野　プロの写真家が見たら、「もっとしっかりやれよ」と言いたくなるレベルだと思います。というのも、文章があるじゃないですか。そしてぼくは文章を書くプロじゃないし、自分の文章は40点くらいだと思っているんです。その隣に80点の写真を置くと、バランスが崩れて文章を読んでもらえなくなっちゃうんですよね。だから、40点の文章と同じクオリティの写真をセットにして、合計80点をめざそうと。これって広告の世界がわかりやすくって、ものすごい広告写真の横には、相当研ぎ澄まされたコピーがないと、ことばがじゃまになっちゃうんですよ。

古賀　なるほどなあ。そういう微妙なバランスにまで気を配ったからこそ、エッセイ集でも写真集でもない、唯一無二の本ができたわけですね。現代版『おくのほそ道』でありながら、「写真の読み方がわかる本」というか。

幡野　結果として、その要素はあるかもしれないですね。ぼくの場合、もちろん「がん」という病気のことを知ってほしいという気持ちもあるし、がん患者やその家族が置かれた立場についても発信していきたいと思っているんです。ただ、それとは別に「写真についての誤解」も解いていきたいし、発信していきたいんです。

古賀　写真についての誤解。

幡野　たとえば、ぼくのまわりでも「幡野さんの影響で写真をはじめました」って言ってくださる方が多くて、それはそれでとてもうれしいんですよね。でも、やっぱり「どのカメラがいいですか?」とか「どのレンズがいいですか?」と聞かれることも多くて……。

古賀　そうじゃない、と。

幡野　写真だけでなにかを表現するなんて、考えないほうがいい。高いカメラを買うくらいだったら、中古の安いカメラを買って、浮いたお金で旅行したり、本を読んだり、美術館に行ったほうがいい。それで、ツイッターでもインスタでも、ｎｏｔｅみたいなブログサービスでもいいから、文章と一緒にアップする。ことばと写真をセットで考える。それ

がいちばんいいと思いますね。せっかくこれだけの表現手段が揃っている時代なんだから、そうしないともったいないです。

古賀　文章とセットで表現するって考えたほうが、撮るときのハードルも下がりますよね。

幡野　そう、写真ってもっとたのしいものだし、ラクなものなんだよって伝えていきたいんです。

古賀　写真、ぼくも撮ってみたくなりました。

幡野　最近写真のワークショップやってるから、古賀さんも参加してくださいよ。

古賀　はい、ぜひ！

幡野広志　はたの・ひろし

1983年、東京生まれ。写真家。2004年、日本写真芸術専門学校をあっさり中退。2010年から広告写真家に師事。2011年、独立し結婚する。2016年に長男が誕生。2017年、多発性骨髄腫を発病し、現在に至る。近年では、ワークショップ「いい写真は誰でも撮れる」、ラジオ「写真家のひとりごと」(stand.fm)など、写真についての誤解を解き、写真のハードルを下げるための活動も精力的に実施している。著書に『ぼくが子どものころ、ほしかった親になる。』(PHP研究所)、『写真集』(ほぼ日)、『ぼくたちが選べなかったことを、選びなおすために。』(ポプラ社)、『なんで僕に聞くんだろう。』『他人の悩みはひとごと、自分の悩みはおおごと。』『だいたい人間関係で悩まされる』(以上、幻冬舎)、『ラブレター』(ネコノス)がある。

本書は、ポプラ社「ほぼ週刊連載　幡野さんの日記のような写真たち」
(2019年12月25日～2023年4月5日掲載分)の48本のエッセイに、書き下ろしエッセイ3本
(「料理はおもしろい」「またひとつ大人になった」「息子が生まれた日から、雨の日が好きになった」)と、
古賀史健さんとの対談「エッセイでも写真集でもない、あたらしい本のかたち」を加え、加筆修正したものです。

息子が生まれた日から、雨の日が好きになった。

2023年8月21日　第1刷発行

著　者　幡野広志

発行者　千葉 均
編　集　辻 敦
発行所　株式会社ポプラ社
〒102-8519　東京都千代田区麹町4-2-6
一般書ホームページ www.webasta.jp
組版・校閲　株式会社鷗来堂
印刷・製本　中央精版印刷株式会社

Printed in Japan N.D.C.914/239P/19cm ISBN978-4-591-17872-0

P8008430